COMME ELLES

07

SAKURA FUJISUE

Sommaire

♡ Scene twenty-four – White . . . . page 3

♡ Scene twenty-five – Power . . . . page 45

♡ Scene twenty-six – See . . . . page 83

♡ Scene twenty-seven – Comfort . . . . . page 121

♡ Pink Baby x Blue Boy . . . . page 159

DANS LES VOLUMES PRÉCÉDENTS...

AMIES DEPUIS LEUR ENTRÉE AU LYCÉE, KANORI ET KAZUMI RENCONTRENT DEUX SÉDUISANTS GARÇONS, KÔTA ET ENA, LORS D'UNE SOIRÉE ORGANISÉE. LORSQUE KANORI SURPREND ENA EN GALANTE COMPAGNIE, ELLE TENTE DE METTRE EN GARDE SON AMIE, SANS SUCCÈS. CETTE DÉMARCHE SE RETOURNE MÊME CONTRE ELLE... AVEUGLÉE PAR SON AMOUR POUR ENA, KAZUMI REFUSE EN EFFET DE VOIR LE VRAI VISAGE DE CELUI-CI, MÊME LORSQU'IL LA PIÈGE EN PERMETTANT À L'UN DE SES PROCHES D'ABUSER D'ELLE. DEPUIS, CE MAUVAIS SOUVENIR HANTE LA JEUNE FILLE. KANORI, AYANT DÉCOUVERT QU'ENA ÉTAIT EN PARTIE RESPONSABLE DE CE DRAME, EN PARLE À KÔTA, QUI AVOUE ÊTRE DÉJÀ AU COURANT. DÉÇUE PAR L'ATTITUDE DE SON PETIT AMI, KANORI PREND SES DISTANCES. DE SON CÔTÉ, ENA REPROCHE À KAZUMI D'AVOIR REVU SON AGRESSEUR. LEUR SOLITUDE RESPECTIVE RAPPROCHENT ENFIN LES DEUX JEUNES FILLES, QUI DÉCIDENT DE PASSER NOËL ENSEMBLE.

♥

Tous les détails dans les volumes précédents !!

♥ COMME ELLES

ÇA ME PARAÎT ÉTRANGE, ET POURTANT, CET ÉLOI-GNEMENT A QUELQUE CHOSE DE NATUREL

LA CHALEUR DE KÔTA ... ÇA FAIT UN MOMENT QUE JE NE L'AI PAS SENTIE

COMME ELLES
Scene twenty-four - White -

KANORI ?
TU TREMBLES ?
PFRR
SILENCE !!

OH, MAIS ...
ÇA Y EST, FINIIIII ♥
YOUPI... ♥
OUF ... EN-FIN ...
EH BEN
FIOOUH
FINALEMENT, IL RESSEMBLE À UN VRAI GÂTEAU !
C'est grâce aux fraises, ça fait classe
HEIN ?
TU PLAISANTES ?! NOTRE GÂTEAU EST TOUT BONNEMENT MAGNIFIQUE !
Le truc, c'est de ne pas trop se mettre la pression, ou on est sûr de le rater !
NE T'EMBÊTE PAS AVEC ÇA, METS TOUT AU LAVE-VAISSELLE
Vous en avez un ?
OH, J'Y PENSE ...

ET SI ON LE PRENAIT EN PHOTO AVANT DE LE COUPER ?
BONNE IDÉE ↓
Cette réussite est tellement exceptionnelle ...
SUPER ! JE VAIS CHERCHER MON PORTABLE
AH
NON, ATTENDS, J'Y VAIS
De toute façon, il faut que j'aille aux W.-C.
JE PEUX TE LAISSER RANGER UN PEU ?
ÇA MARCHE !
MMH
CLING
CLANG
JE NE PENSAIS PAS QUE ÇA LUI FERAIT AUTANT PLAISIR, DE PASSER NOËL À CUISINER AVEC MOI
EN FAIT, C'ÉTAIT UNE BONNE IDÉE

J'AVOUE QUE J'APPRÉHENDAIS UN PEU ...
APRÈS TOUTES LES TENSIONS QU'IL Y A EU ENTRE NOUS
MAIS FINALEMENT, ON S'AMUSE BIEN !
CLAC
ON A MÊME RÉUSSI NOTRE GÂTEAU, C'EST DIRE ♥
QUOI ?
TU SAIS FAIRE DES TRUCS PAREILS ?!
CE SERA UNE PREMIÈRE, MAIS JE DEVRAIS Y ARRIVER, EN SUIVANT LA RECETTE
OUAAAH ! VRAIMENT, TU M'ÉPATES ! JE SUIS FIÈRE DE TOI !!
SI TU VEUX, ON POURRAIT FAIRE UN GÂTEAU PLEIN DE CRÈME, POUR NOËL

KÔ, LUI, AURAIT FAIT UN GÂTEAU AUSSI BEAU QUE CEUX VENDUS EN PÂTISSERIE
Ha ha hum
IL CUISINE TELLEMENT BIEN ...
...
JE ME DEMANDE CE QU'IL FAIT, À CET INSTANT
AH !
J'AI COMMENCÉ À DÉCORER LE SAPIN, ÇA NE TE GÊNE PAS ?
NON, T'INQUIÈTE
JE VIENS T'AIDER
C'EST DOMMAGE QU'ON LE GARDE SI PEU DE TEMPS ...
JUSTEMENT, JE VAIS PRENDRE DES PHOTOS ...
HA HA HA
POUR L'IMMORTALISER. JE TE LES ENVERRAI, SI TU VEUX
DING DONG
CLIC
CLIC

* ENVIRON 16,65 EUROS.

HABITUELLEMENT, ILS EMPLOIENT QUELQU'UN À MI-TEMPS, MAIS ELLE A PRIS SES VACANCES À CETTE PÉRIODE. DU COUP, JE LA REMPLACE
EXCUSE-MOI, JE DOIS ALLER AUX TOILETTES
O.K.
Chaud !
C'EST INCROYABLE, CHERS TÉLÉSPECTATEURS !
HA HA HA HA !
TATAM DADAM FLASH SPÉCIAL ♪
UNE ÉDITION SPÉCIALE CONSACRÉE À L'AFFAIRE DE LA LYCÉENNE ASSASSINÉE
ON APPREND À L'INSTANT QUE LES AUTORITÉS VIENNENT D'ARRÊTER L'HOMME RECHERCHÉ DEPUIS …

LA POLICE EST ACTUELLEMENT EN TRAIN DE L'INTERROGER AFIN DE ...
ILS ONT TROUVÉ LE TUEUR ?
ALORS, CETTE HISTOIRE EST ENFIN TERMINÉE ?
CLAP
J'AI MAL AUX REINS
C'EST PEUT-ÊTRE MES RÈGLES ?
JE NE SAIS PLUS OÙ J'EN SUIS, DANS MON CYCLE
VU QUE J'AI DÛ ARRÊTER LA PILULE À CAUSE DE L'ARGENT. EH OUI, ÇA REVIENT CHER !
MAIS QUAND J'AURAI REÇU ...
MON PREMIER SALAIRE ...
CLAC
C'EST CURIEUX, ELLE N'A MENTIONNÉ ...
QU'UNE SEULE FOIS ENA, AUJOURD'HUI
ÇA NE LUI RESSEMBLE PAS, DE NE PAS PARLER DE SON PETIT AMI

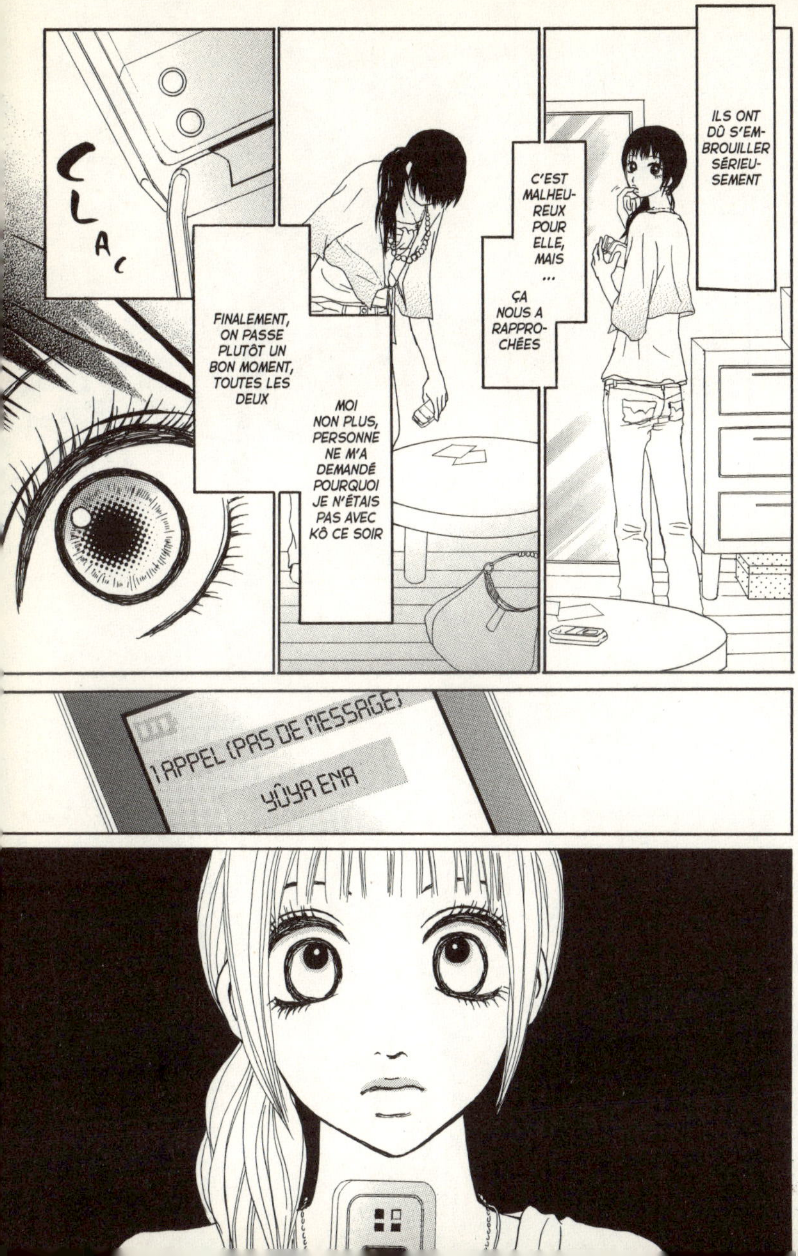
ILS ONT DÛ S'EMBROUILLER SÉRIEUSEMENT
C'EST MALHEUREUX POUR ELLE, MAIS ...
ÇA NOUS A RAPPROCHÉES
FINALEMENT, ON PASSE PLUTÔT UN BON MOMENT, TOUTES LES DEUX
MOI NON PLUS, PERSONNE NE M'A DEMANDÉ POURQUOI JE N'ÉTAIS PAS AVEC KÔ CE SOIR
CLAC
1 APPEL (PAS DE MESSAGE)
YÛYA ENA

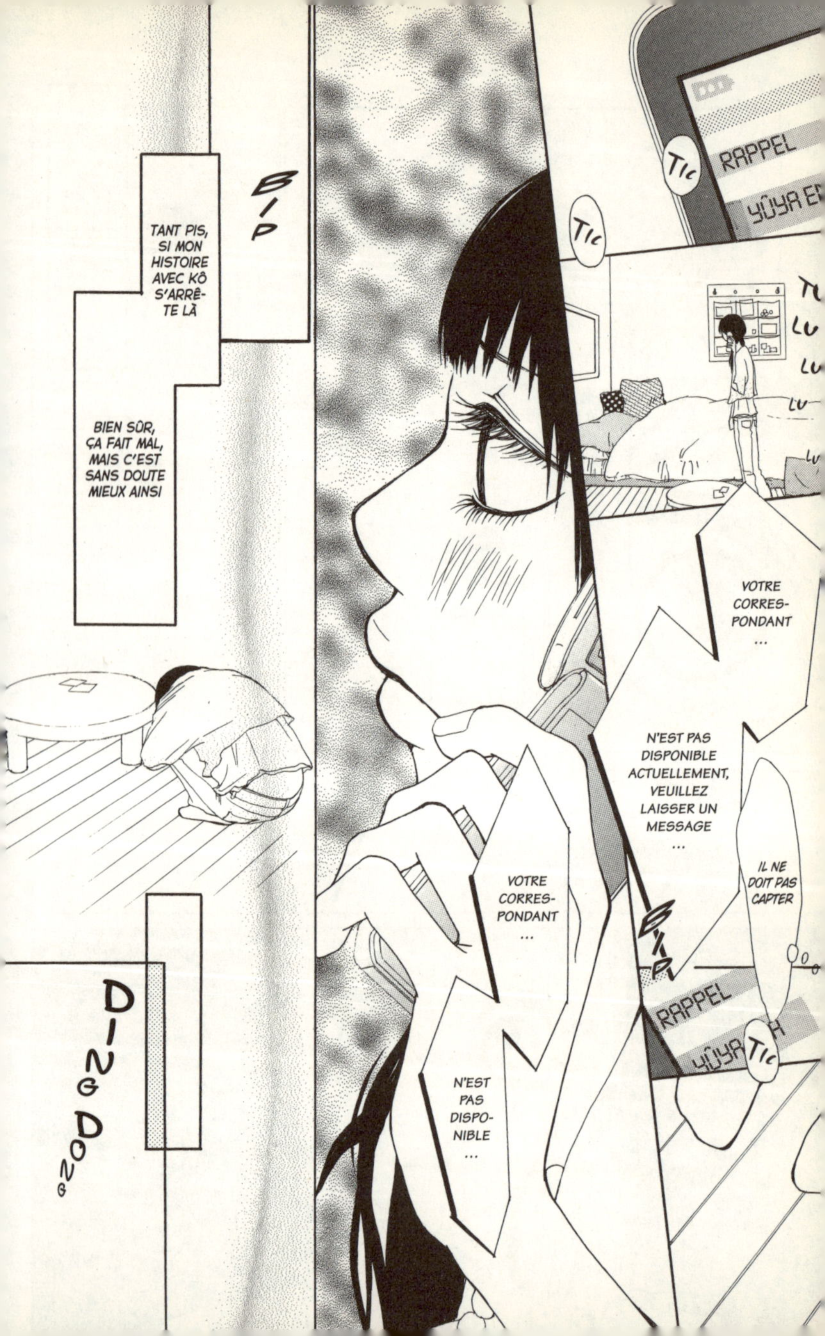
TIC
RAPPEL
TIC
VOTRE CORRESPONDANT…
N'EST PAS DISPONIBLE ACTUELLEMENT, VEUILLEZ LAISSER UN MESSAGE…
IL NE DOIT PAS CAPTER
VOTRE CORRESPONDANT…
N'EST PAS DISPONIBLE…
BIP
RAPPEL
YÛYA
TIC
BIP
TANT PIS, SI MON HISTOIRE AVEC KÔ S'ARRÊTE LÀ
BIEN SÛR, ÇA FAIT MAL, MAIS C'EST SANS DOUTE MIEUX AINSI
DING DONG

JOYEUX NOËL
TIENS, UN PETIT CADEAU !
ON A APPORTÉ À MANGER
AH, VOILÀ KAZUMI
BONSOIR !
Oh, Sakagami sans son uniforme !
JE LES METS AU FRIGO ?
J'ai la dalle
Moi aussi, j'en ai un chez moi

QUAND ON EST SORTIS DU RESTO, ON S'EST RENDUS COMPTE QUE C'ÉTAIT COMPLET PARTOUT
ALORS, J'AI PROPOSÉ QU'ON AILLE TOUS CHEZ MOI
OUI, MAIS JE ME SUIS RAPPELÉE QUE SAKAGAMI ET TOI FAISIEZ LA FÊTE CHEZ TOI ...
Voilà voilà !
Ça ne te dérange pas ? Les autres, on dit merci qui ? ♥
MERCI, MON ANGE !!
HUM, DÉSOLÉE DE DÉBARQUER À L'IMPROVISTE. J'AI ESSAYÉ DE LES EN EMPÊCHER, MAIS ...
Ces outres à bière n'ont rien voulu entendre ...
T'INQUIÈTE, VOUS NE NOUS DÉRANGEZ PAS ...
Quelle entrée en scène !
N'EST-CE PAS, KAZUMI ?
EUH ...
NON, NON
AT-TENTION, J'UTILISE LE MI... MICRORRONDES !
?
Dis donc, t'es bourrée, toi !
Mais naaan, d'abord ! T'y dis n'importe quoi !
EUH, JE PEUX TE PRENDRE UN VERRE D'EAU ?
BIEN SÛR
LES VERRES SONT LÀ
HUM ...
ELLE N'A PAS L'AIR TRÈS À L'AISE
OUVRE LA BOUCHE, BÉBÉ

MMM MIAM, CHÉ TROP BON
À TOI, MA PUCE
MERCI, MON CŒUR
OUH LÀ LÀÀÀ
Viiii, ché booon
...
EUH, SAKURAÏ, VOUS DEVRIEZ PEUT-ÊTRE ALLER AILLEURS ?!
EH !
DIS DONC, TOI !
DE QUEL DROIT TU FUMES ICI ? TU N'ES PAS CHEZ TOI !
Et tu es encore mineur, en plus !
CE N'EST PAS GRAVE, YANAGI ...
Sauf pour ton ami qui va s'abîmer les poumons ...
T'AS ENTENDU ?
LA CHEF A DIT QUE JE POUVAIS CLOPER !
MAIS GRANDIS UN PEU !
T'ES BORNÉ, MA PAROLE !!
En plus, ça pue !!
J'AI DÉJÀ UNE MÈRE, JE TE SIGNALE
TU CROIS QUE ÇA TE REND COOL, DE FUMER ?
AU CONTRAIRE, C'EST NAZE !!
GRAAH
EUH ...
T'as vu ta tronche, avec ta boulette sur la tête ?!
Miss Boulette !!
Quoi ?!
GRAAH
Toc toc
HUM
ON SE CALME, LES ENFANTS
NE T'EN FAIS PAS, ILS SONT TOUJOURS COMME ÇA

On dirait même une crotte, tiens !!
Miss Boulette !!
Je te jure, quel con !!
Hmm ?
AU FAIT, CES TYPES SONT SUPPOSÉS NE PAS AVOIR DE COPINE ...
JE PEUX LEUR FAIRE CONFIANCE OU PAS ?
KANORI ...
Y PARAÎT QUE T'AS LARGUÉ KÔTA ?
Hum
ARGH !!
C'EST QUOI CETTE QUES-TION ??!!
Je l'ai largué ?! Moi ?!
ARRIÈRE !
C'EST PAS VRAI, ALORS ?
IL M'A DIT QUE TU AVAIS REFUSÉ DE PASSER LA SOIRÉE AVEC LUI ... IL ÉTAIT TOUT MAL, LE PAUVRE ...
AH, ÇA !
EUH ... EN FAIT, QUAND IL ME L'A PROPOSÉ, J'AVAIS DÉJÀ UN TRUC DE PRÉVU, VOILÀ !
JE ... J'AVAIS ACCEPTÉ DE FAIRE UNE SOIRÉE ENTRE COPINES, C'EST TOUT !
AH, D'ACCORD
Dommage, parce que ... Enfin, tant pis
JE N'EN REVIENS PAS ! KÔTA A PARLÉ DE NOUS À SES AMIS ?!
BOBOM BOBOM BOBOM
Il s'est drôlement confié, on dirait ...
La honte !

ET SI ON L'APPELAIT ?
IL SE POINTERA PEUT-ÊTRE !
!!
ÇA M'ÉTONNERAIT. IL PASSE SÛREMENT NOËL EN FAMILLE
NAN, JE CROIS PAS. IL DÉTESTE TROP RETOURNER CHEZ LUI
HMM ... T'AS PEUT-ÊTRE RAISON
MAIS ...
J'IGNORAIS QU'ENTRE KÔTA ET SA FAMILLE, C'ÉTAIT SI TENDU
OUAAAAH, LE BEAU GÂTEAU ! C'EST VOUS QUI L'AVEZ FAIT ?
FÉLICITATIONS ! IL EST DRÔLEMENT RÉUSSI !
Tiens, mon choupinet
Oh oui, encore
MOI AUSSI, JE COMMENCE À ME SENTIR GÊNÉE
ÇA NE ME PLAÎT PAS D'APPRENDRE DES CHOSES SUR KÔTA PAR LE BIAIS DE SES AMIS ... ALORS QU'IL N'EST PAS LÀ
JE REVIENS

SAKA-GAMIIII ?! TU ... TU VEUX ALLER AUX ...
TOILET-TES ?
JE T'EN PRIE, LA PLACE EST LIBRE !
SAP
ELLE M'A FAIT PEUR !
Ah non, pas ça !
Mais eeeuuh steuplé !
CLAP
TAP
TAP
TAP
RAPPEL
YÛYA ENA
TUU
TUU
TUU
VOTRE CORRES-PONDANT ...
N'EST PAS DISPONIBLE ACTUELLEMENT ...
CLAP
CLIC
BIP
IMPOSSI-BLE DE LE JOINDRE ... DANS CE CAS, POUR-QUOI M'A-T-IL APPELÉE ?
EN-CORE ?

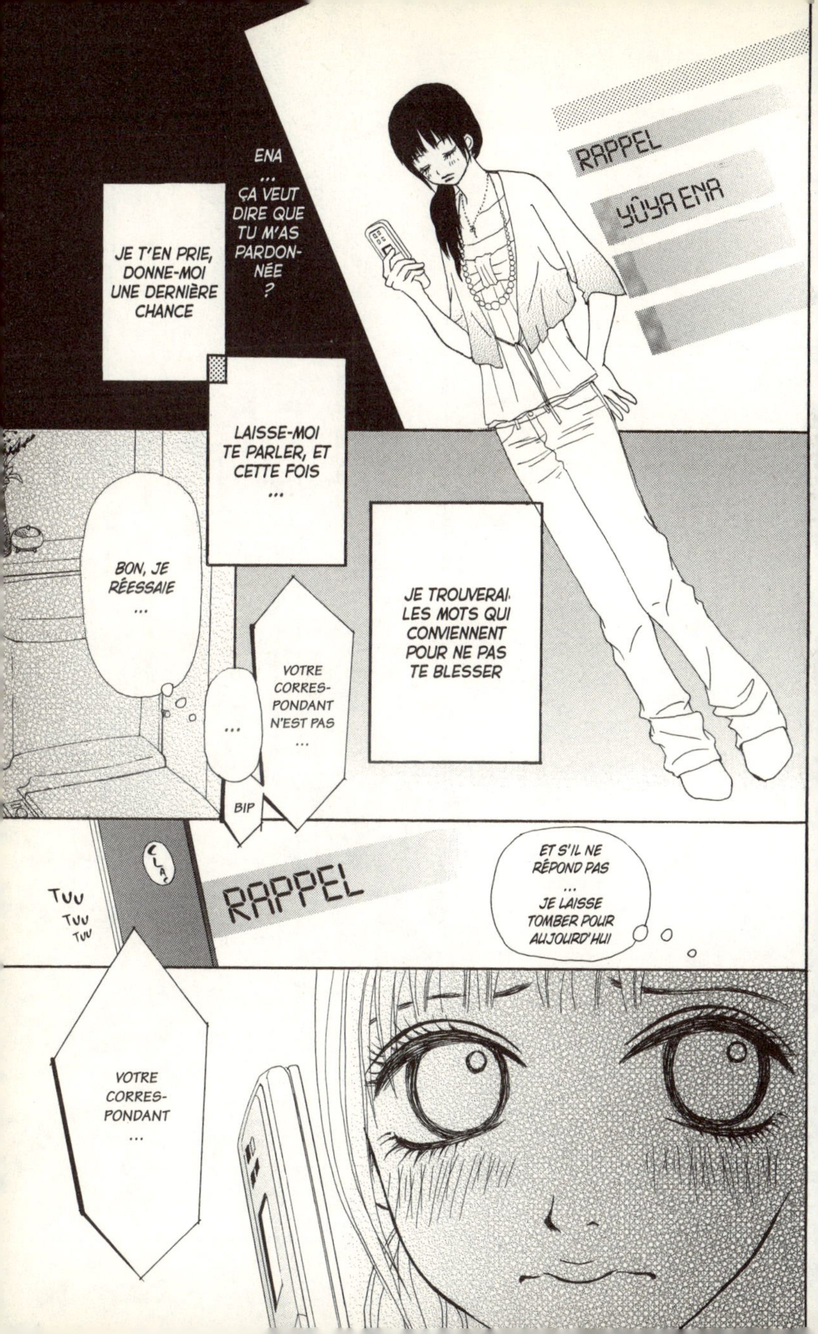

RAPPEL
YÛYA ENA
ENA ... ÇA VEUT DIRE QUE TU M'AS PARDONNÉE ?
JE T'EN PRIE, DONNE-MOI UNE DERNIÈRE CHANCE
LAISSE-MOI TE PARLER, ET CETTE FOIS ...
JE TROUVERAI LES MOTS QUI CONVIENNENT POUR NE PAS TE BLESSER
VOTRE CORRES-PONDANT N'EST PAS ...
...
BON, JE RÉESSAIE ...
BIP
ET S'IL NE RÉPOND PAS ... JE LAISSE TOMBER POUR AUJOURD'HUI
RAPPEL
CLAC
TUU TUU TUU
VOTRE CORRES-PONDANT ...

J'ESSAIE ENCORE ...
JUSTE UNE FOIS ...
LA DERNIÈRE ...

* AU JAPON, L'ÂGE DE LA MAJORITÉ EST FIXÉ À VINGT ANS.

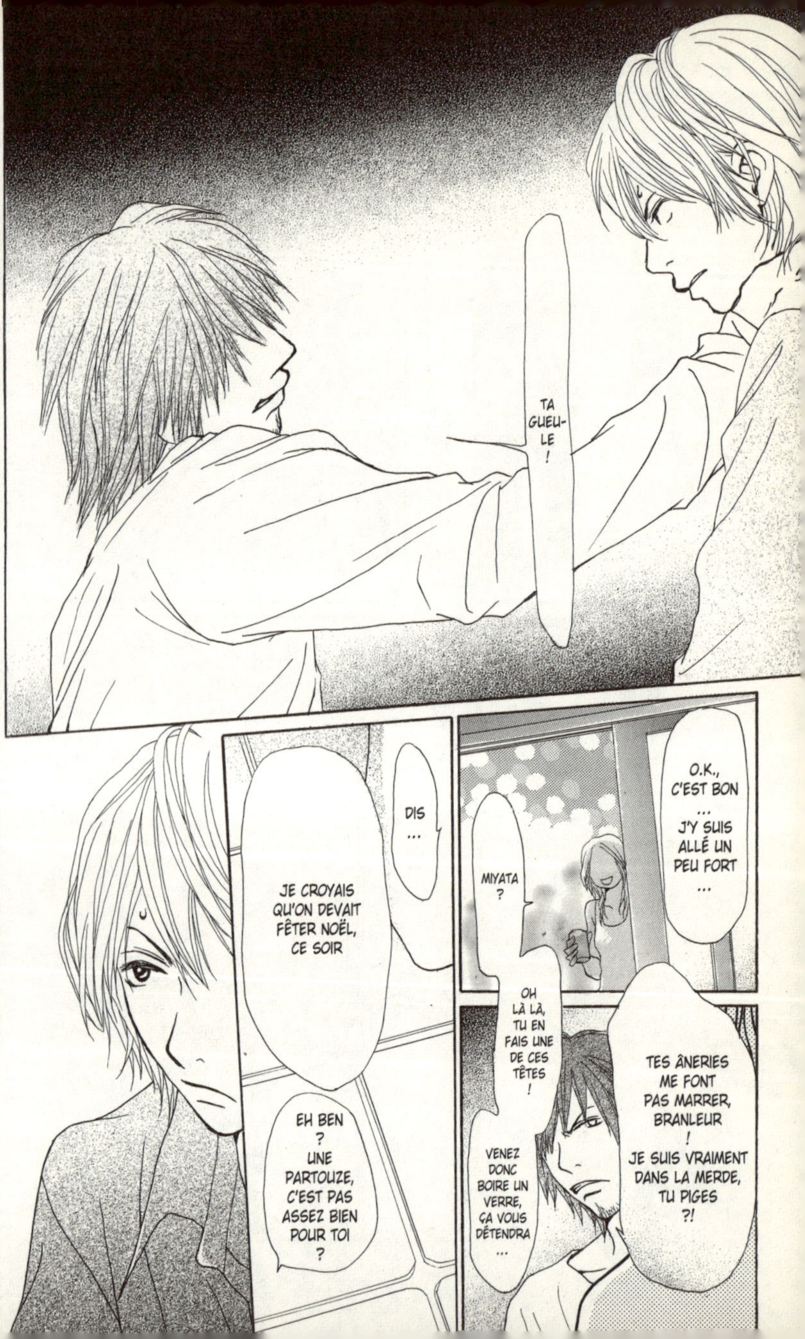
TA GUEULE !
O.K., C'EST BON ... J'Y SUIS ALLÉ UN PEU FORT ...
MIYATA ?
OH LÀ LÀ, TU EN FAIS UNE DE CES TÊTES !
VENEZ DONC BOIRE UN VERRE, ÇA VOUS DÉTENDRA ...
TES ÂNERIES ME FONT PAS MARRER, BRANLEUR ! JE SUIS VRAIMENT DANS LA MERDE, TU PIGES ?!
DIS ...
JE CROYAIS QU'ON DEVAIT FÊTER NOËL, CE SOIR
EH BEN ? UNE PARTOUZE, C'EST PAS ASSEZ BIEN POUR TOI ?

Voici donc le volume 7 de Comme elles..

Merci encore pour votre soutien !

Noël en famille version Kôta

SOURIRE
TU VEUX BOIRE QUELQUE CHOSE ?
NON, ÇA VA
HUM ...
ATTENTION, MISS. C'EST LA PREMIÈRE FOIS QU'IL PARTICIPE À CE GENRE DE FÊTE
C'EST VRAI ? AH, JE COMPRENDS MIEUX
ÇA DOIT TE FAIRE BIZARRE, J'IMAGINE
HA HA HA HA HA HA
...
OUI ... UN PEU
NE T'INQUIÈTE PAS, TOUT VA BIEN SE PASSER
JUSTE UNE CHOSE : ICI, PAS DE DISPUTE, O.K. ?
Histoire de ne pas tout gâcher
NE CRAINS RIEN, J'AI TOUT CE QU'IL FAUT POUR QUE TU TE SENTES ... EN SÉCURITÉ
Han
Han

ALLEZ, DÉTENDS-TOI
DÉSOLÉ, JE ...
J'AI OUBLIÉ UN TRUC ...
DANS ...
LA VOITURE. JE VAIS LE CHERCHER
MERDE !
Trouillard, va !
HI HI HI
JE SUIS ENCORE TROP JEUNE POUR CES CONNERIES !
'FAUT PAS POUSSER !
OUI, BONSOIR, VOUS POUVEZ OUVRIR, S'IL VOUS PLAÎT ?

HEIN ?
AH !
Tu as vu ? Un jacuzzi !
EUH ...
EXCUSEZ-MOI, VOUS POUVEZ LUI DIRE DEUX MOTS ?
C'est le type de l'hôtel, il veut parler à une femme ...
OUI ?
PARDON ? NON, AUCUN PROBLÈME, POURQUOI ?
TOUT LE MONDE VA BIEN
CLAC
ÇA Y EST, LA PORTE EST OUVERTE ...
Ver-rouil-lage auto-mati-que
FUYONS !
CE MIYATA ...
QUEL MALADE !

• Quelques nouvelles fraîches •

Après le petit-déjeuner, j'ai donc pris le train pour Kyôto, comme si j'allais au bureau...
En Shinkansen*, depuis la gare de Nagoya, ça met environ une demi-heure. C'est vraiment tout près ♥ Je n'y étais pas retournée depuis un voyage scolaire fait en primaire.
En remontant par Chawan-zaka**, je suis arrivée au Kiyomizu-dera***... Sur le chemin, j'ai acheté des bricoles, dont un protège-livre super joli ♥ mais hélas trop petit...

Et j'ai mangé du zenzai**** absolument délicieux ♥

Sans oublier qu'un chauffeur de pousse-pousse m'a indiqué des endroits fabuleux et peu fréquentés !

Super musclé

Il m'a aussi raconté des anecdotes sur son travail. Enfin, je suis rentrée chez moi comme si je quittais le bureau. Et je me suis remise au travail. La prochaine fois, j'aimerais rester plus longtemps, afin de profiter davantage de ces lieux magiques...

* T.G.V. japonais.
** Une des routes qui conduit au temple, bordée de magasins.
*** Temple bouddhique mondialement connu.
**** Soupe sucrée aux haricots rouges et boulettes de gâteau de riz.

O.K., J'AP-PORTE À BOUFFER
À TOUTE
TIC
CLAC
... ET LA FOULE QUI SE PRESSE ...
EN CE JOUR PARTICULIER, AUSSI BIEN DES AMOUREUX QUE DES FAMILLES ...
OUI, ON SE CONNAÎT DEPUIS ...
OH OH !
QUEL JOLI COU-PLE !
BIP
TIC
SAF

CLAC
JOYEUX NOËL,
MON CHÉRI !

Coucou mon chéri,
J'ai mis le gâteau de Noël au frigo.
Tu m'attends pour le manger ?
On le dégustera ensemble dès mon
retour !

OH, MON POUSSIN, EXCUSE-MOI ! JE T'AI FAIT ATTENDRE !
KÔTA ?

DING DONG
JOYEUX NOËËËL !!
DIS DONC, TU POURRAIS RÉAGIR
...
GNN
GNN
ON DIRAIT QUE T'AS DE LA FIÈVRE
AH BON ?

AH … C'EST POUR ÇA …
QUE JE ME SENS AUSSI NAZE
FFH
TU T'EN ES PAS RENDU COMPTE ?
ATTENDS, BOUGE PAS
T'AS UN THERMOMÈTRE ?
T'AS DÉJÀ AVALÉ QUELQUE CHOSE ?
NAN, RIEN
Pas faim
37,8
O.K., T'ES PAS À L'ARTICLE DE LA MORT
LÈVE-TOI ET FAIS CHAUFFER DE L'EAU, QU'ON SE BRICOLE UN TRUC
Moi, je sais pas comment ça marche
…
Soja
C'EST TON PETIT FRÈRE ?

IL A DRÔLEMENT GRANDI
Enfin, on voit pas trop sur la photo
OUAIS
JE PENSAIS QUE T'AURAIS PASSÉ NOËL EN FAMILLE ...
TIENS
THANK YOU !
CRONCH CRONCH
GLOUP
BLURP
MMH, CHÉ BON, NON ?
HONNÊTEMENT, JE PRÉFÈRE ÉVITER. PAS ENVIE D'ÊTRE DE TROP, TU VOIS ?
...
...
Y A UN TRUC QUI M'INTRIGUE ...
J'EN VEUX À PERSONNE, MAIS ...
PARFOIS, J'AI L'IMPRESSION QU'ON PEUT PAS S'EMPÊCHER D'ÊTRE JALOUX
L'AUTRE JOUR, MA MÈRE M'A RACONTÉ QUE RAI AVAIT ENVOYÉ UNE LETTRE AU PÈRE NOËL
ÇA M'A CHOQUÉ. TU SAIS POURQUOI ? PARCE QUE MOI, J'Y AI JAMAIS CRU, AU PÈRE NOËL

...
OUPS ...
BON, IL M'EN VOUDRA PAS QUE JE DÉCROCHE ... SI JE RESTE PAS LONGTEMPS EN LIGNE
OUI, ALLÔ !
!!
ENFIN !!
EUH
C'EST ... C'EST KAZUMI
J'AI VU QUE TU M'AVAIS APPELÉE TOUT À L'HEURE ...
ALORS ...
VOILÀ ... JE TE RAPPELLE
HMM
TU VEUX ME REJOINDRE ?

OUAH HA HA HA
TIC
AH NON, FINALEMENT ... PAS MAINTENANT
BON, DEMAIN, TU PEUX ?
OUAIS
SALUT
TIC
UNE DE TES COPINES ? T'EMBÊTE PAS POUR MOI, VA DONC LA RETROUVER
...
CLAC
NAN, JE PEUX PAS TE FAIRE ÇA, VIEUX. AVOUE QUE TU SERAIS GRAVE TRISTE SI JE TE PLANTAIS ...
TE VEXE PAS, MAIS JE PRÉFÉRERAIS PASSER NOËL TOUT SEUL, PLUTÔT QU'AVEC UN MEC ...
CETTE HISTOIRE DE PÈRE NOËL ...
JE ME SOUVIENS Y AVOIR CRU LONGTEMPS

J'ÉTAIS EN CE1 QUAND ...
LA VEILLE DU RÉVEILLON, J'AI DÉCOUVERT MON CADEAU DE NOËL DANS LE COFFRE DE LA VOITURE DE MON PÈRE
MAIS J'AI CONTINUÉ À FAIRE SEMBLANT D'Y CROIRE QUELQUES ANNÉES ENCORE ...
TU AS MAL AU VENTRE ?
COMME TU VAS SOUVENT AUX TOILETTES ...
HEIN ?
NON, CE N'EST RIEN
J'AI JUSTE BU UN PEU TROP DE JUS DE FRUIT
AH, O.K.
?
MERCI POUR L'ACCUEIL, KANORI !!

DÉSOLÉE DE PAS POUVOIR RESTER, MAIS COMME J'AI CLUB DEMAIN ...
'FAUT QUE JE RENTRE, BOOOUH !
OUIIIIN, LA MISÈRE ! À BIENTÔT, MA GRANDE !
SERRE
VOUS INQUIÉTEZ PAS, ON LA RAMÈNE CHEZ ELLE
Les garçons lèvent le camp
TCHAO !
Rentrez bien !
BYE, LES FILLES !
JE N'AURAI PAS ASSEZ DE PYJAMAS POUR TOUT LE MONDE. ÇA VOUS GÊNE SI L'UNE DE VOUS DORT EN SURVÊT ?
NO PROBLEMO
PAR CONTRE, JE PEUX T'EMPRUNTER TON LAIT DÉMAQUILLANT ?
BIEN SÛR
Moi aussi, dis ?
LA SALLE DE BAIN EST À VOTRE DISPOSITION !
Super
MERCI !
THANK YOU !
AU FAIT ... MAMAN N'EST TOUJOURS PAS RENTRÉE ...
MAMAN
NE M'ATTEND
PAS POUR
AH
ELLE M'A LAISSÉ UN MESSAGE POUR ME PRÉVENIR
AUJOURD'HUI, JE SAIS POURQUOI J'AI FAIT SEMBLANT DE CROIRE AU PÈRE NOËL ...
LES FILLES ...

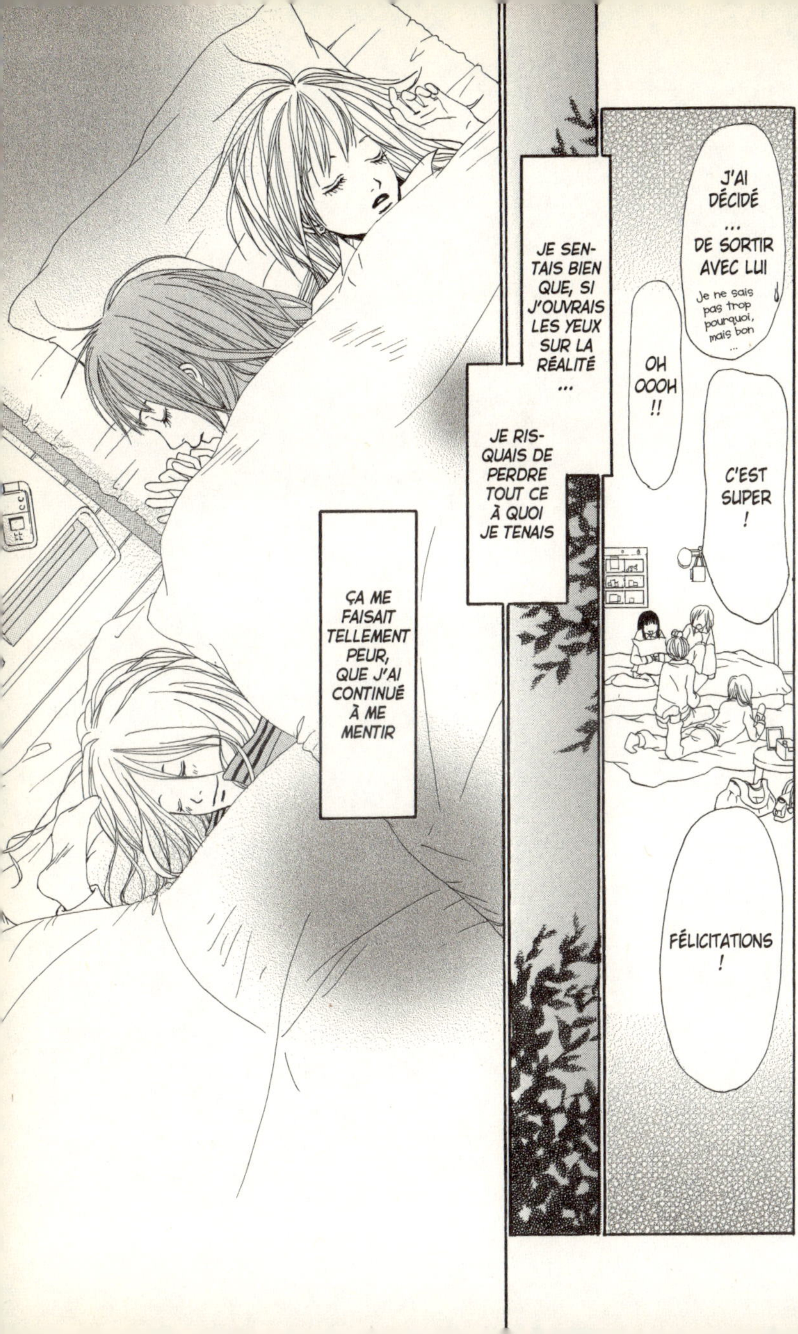
J'AI DÉCIDÉ ... DE SORTIR AVEC LUI
Je ne sais pas trop pourquoi, mais bon ...
OH OOOH !!
C'EST SUPER !
FÉLICITATIONS !
JE SENTAIS BIEN QUE, SI J'OUVRAIS LES YEUX SUR LA RÉALITÉ ...
JE RISQUAIS DE PERDRE TOUT CE À QUOI JE TENAIS
ÇA ME FAISAIT TELLEMENT PEUR, QUE J'AI CONTINUÉ À ME MENTIR

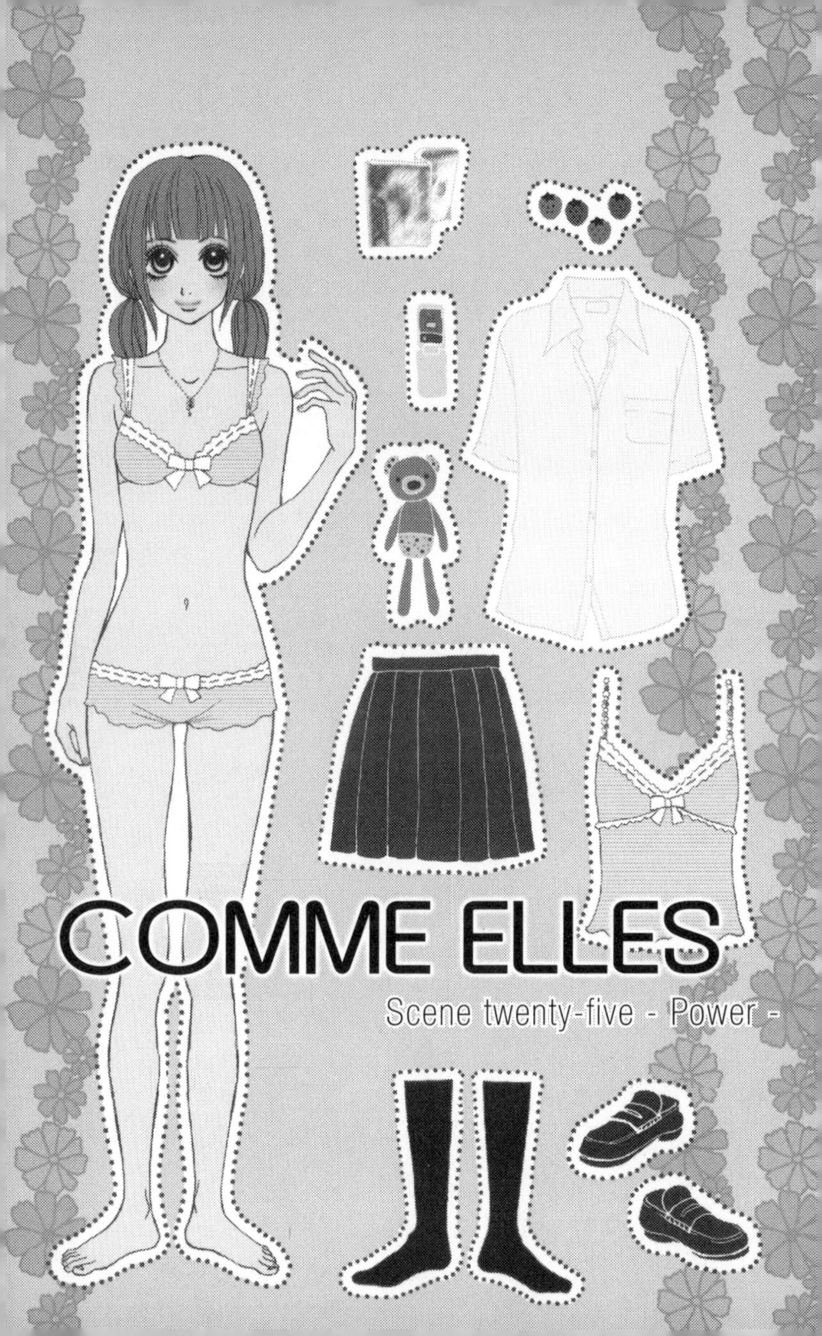
COMME ELLES
Scene twenty-five - Power -

KANO
J'AI UN CADEAU ...
POUR TOI !
MOI AUSSI !
J'ESPÈRE QUE ÇA VA TE PLAIRE ...
JOYEUX NOËL ♥

SHAF
HEIN ?
J'AI ... RÊVÉ ? MAIS N'IMPORTE QUOI !
Je suis folle ou quoi ?!
AH
PARDON, JE T'AI RÉVEILLÉE ?
DÉSOLÉE, IL FALLAIT VRAIMENT QUE J'AILLE FAIRE PIPI ...
NON, T'IN-QUIÈ-TE
EUH ...
ÇA ME REVIENT
ON A FÊTÉ NOËL CHEZ MOI ...

ET LES FILLES SONT RESTÉES DORMIR ICI
ZZZ
FROSH
PUISQUE JE SUIS RÉVEILLÉE ...
Un petit pipi
FOUAAH
YANAGI ?
EUH ...
MMOUI ?
...
NON, RIEN ...
ALLEZ
BONNE NUIT

...
UNE FOIS DE PLUS, IMPOSSIBLE DE ME CONFIER. DÉCIDÉMENT, CE N'EST PAS MON TRUC
DE TOUTE FAÇON, C'EST À MOI DE PRENDRE UNE DÉCISION, NON ? ALORS ...
CLAC
FLUSSH
TU NE VAS PAS TE COUCHER ?
NON. JE N'AI PLUS TROP ENVIE DE DORMIR
CLAP

ÇA TE DIT QU'ON CAUSE UN PEU ?
YANAGI, ELLE, N'A PAS PEUR DE S'OUVRIR AUX AUTRES, NI DE LES ÉCOUTER
ENFIN ... JE CROIS
OUI ?
TU VOIS, EN FAIT ...
IL A BEAU ÊTRE PLUS VIEUX QUE MOI, C'EST UN VRAI GAMIN ! ÇA NE ME CHANGE PAS DE MES FRANGINS ! BREF ...
LE FAIT QUE JE ME FOUTE DE LUI, EH BIEN, ÇA LUI A PLU !
Du coup, Monsieur veut sortir avec moi
Je te jure, quel tordu !
HA HA HA !
ET TOI, KANORI ?

IL S'EST PASSÉ UN TRUC, N'EST-CE PAS ? C'EST TON HISTOIRE AVEC KÔTA ?
ELLE PARLE FRANCHEMENT ...
CE QUI EMBARRASSE CERTAINES PERSONNES, D'AILLEURS ...
C'EST BIEN BEAU D'ÊTRE DÉCOMPLEXÉE ...
MAIS ELLE POURRAIT QUAND MÊME FAIRE ATTENTION À CE QU'ELLE DIT !
C'EST VRAI. MOI, ÇA ME GÊNE ...
Pourtant, elle est sympa mais bon ...
MOI, J'APPRÉCIE SON HONNÊTETÉ
VOUS VOUS ÊTES ENGUEULÉS, C'EST ÇA ?
JE VOIS ...
JE M'EN DOUTAIS, VU TA TÊTE, CES DERNIERS TEMPS
CE N'ÉTAIT PAS DIFFICILE À DEVINER !

J'ESPÈRE ...
QUE VOUS ALLEZ VITE VOUS RABIBOCHER
HMM ...
BON ... JE RETOURNE AU DODO
SHAAAC
SHA
HEIN ?!
EUH ... BEN ...
HM ?
ENFIN, JE PENSAIS QUE TU ME POSERAIS DES QUES-TIONS SUR CE QUI S'ÉTAIT PASSÉ ET ...
MAIS ... AH, EXCUSE-MOI, JE CROYAIS QUE TU NE VOULAIS PAS EN PARLER, COMME TU ÉTAIS SUPER MUETTE ...
Désolée, je me suis trompée !

TU COMPRENDS, JE NE VEUX PAS TE FORCER LA MAIN, MOI ! MAIS JE PEUX T'ÉCOUTER, SI TU AS ENVIE ...
PAR CONTRE, CÔTÉ CONSEIL, JE RISQUE D'ÊTRE ASSEZ NULLE ...
Je n'y connais tellement rien en histoires d'amour ...
...
MERCI, YANAGI
ÇA M'A FAIT DU BIEN DE TE PARLER
C'EST VRAI ? C'EST COOL, SI J'AI PU T'AIDER UN PEU
OUAIS, CARRÉMENT !
TANT MIEUX !
...
YANAGI ?
OUI ?
JE SUIS CONTENTE DE POUVOIR DISCUTER AVEC TOI
TU ES SÉRIEUSE ?
Arrête, ça me gêne !
Nan, je blague ...
HA HA HA
TOUTES LES DEUX, PLUS ON SE CONNAÎT, MIEUX ON SE COMPREND
AVEC KÔTA, C'ÉTAIT PLUTÔT LE CONTRAIRE, EN FAIT ...
PLUS ON SE CONNAISSAIT, MOINS ON SE COMPRENAIT
KANORI ...

...
COMMENT DIRE...
EUH...
?
OUI ?
JE NE CROIS PAS...
...
QUE KÔTA SOIT DU GENRE À SÉDUIRE UNE FILLE POUR LA PLAQUER JUSTE APRÈS
JE LE VOIS PLUTÔT COMME QUELQU'UN D'HONNÊTE
VOILÀ, C'EST TOUT
BREF...
MAINTENANT, DODO ?
SI LA FILLE ASSISE PRÈS DE MOI ME PLAÎT, JE VAIS PAS...
ALLER VOIR AILLEURS
ELLE A RAISON
KÔTA N'A RIEN D'UN BEAU PARLEUR
TU M'ÉTONNES QU'IL NE LE SOIT PAS ! AVOIR DIT AUSSI CRÛMENT "JE NE VAIS PAS ALLER VOIR AILLEURS", À SA COPINE, IL FALLAIT OSER !
Ha Ha Ha, sacré Kôta !

JE ME SOUVIENS QU'IL CHERCHAIT SES MOTS ...
POUR ESSAYER DE ME DIRE CE QU'IL ÉPROUVAIT
C'EST SANS DOUTE CE MANQUE D'ASSURANCE ...
QUI M'A PLU CHEZ LUI
...
JE VAIS À LA SUPÉRETTE, VITE FAIT
QUOI ? À CETTE HEURE-CI ?
OUI, ON N'A PLUS RIEN À BOIRE
Et puis, je n'ai plus sommeil
TU VEUX QUE JE T'ACCOMPAGNE ?
NON, ÇA VA. C'EST TOUT PRÈS D'ICI
SÛR ?
DANS CE CAS, JE CROIS QUE JE VAIS RETOURNER ME COUCHER
FOUAAAAH
FAIS GAFFE, QUAND MÊME
OUAIP

MAMAN ...
TOUJOURS PAS RENTRÉE
BON ... AU MOINS, ÇA VEUT DIRE QU'ELLE S'AMUSE
CLAC

ÇA CAILLE !
JE ME DEMANDE SI ON PARLAIT VRAIMENT ...
Oh, le livreur de journaux !
KÔTA ET MOI
VROUM
VROUM
VROUM
VROUM
"IL DÉTESTE TROP RE-TOURNER CHEZ LUI"
J'IGNORE TANT DE CHOSES DE LUI
TIENS, LE JOUR SE LÈVE
IL ME MANQUE ...
TELLE-MENT
MAIS À QUOI ÇA SERT DE SE REVOIR, SI C'EST POUR SE DISPUTER DE NOUVEAU ?
LE CIEL S'ÉCLAIRCIT À VUE D'ŒIL ...

J'AIMERAIS TANT QU'ON ARRIVE ...
À SE PARLER À CŒUR OUVERT
SI ON POUVAIT SE CROISER, ICI, MAINTENANT, ET OUBLIER TOUS NOS MALENTENDUS
OUI ...
À CET INSTANT ...
PAR HASARD ...
JE SUIS CERTAINE QUE TOUT SE PAS-SERAIT BIEN ENTRE NOUS

JE MARCHERAIS ...
DANS LE SILENCE ...
D'UN PAS LÉGER ET ...
LUI M'APERCEVRAIT DE L'AUTRE BOUT DE LA RUE
ALORS IL SE PRÉCIPITERAIT VERS MOI ET ...
HUM, BREF ... ATTERRIS, KANORI !
TAP
TAP
TAP
TAP
TAP
TAP
BONJOUR !
SAP
AH, BONJOUR, M'SIEUR
HEIN ?
Un senior ...
En pleine forme
TAP
TAP
TAP
TAP
TAP
...

PFRR !
VOILÀ QUE JE DÉBLOQUE !
AH LÀ LÀ ...
QUEL CIEL ! ON DIRAIT QUE LES COULEURS S'ENTREMÊLENT LES UNES AUX AUTRES ... C'EST MAGNIFIQUE
À PROPOS ...
JE NE CONNAIS MÊME PAS SA COULEUR PRÉFÉRÉE
C'EST PEUT-ÊTRE IDIOT ...
MAIS ÇA SE RAJOUTE À LA LISTE DES CHOSES QUE J'IGNORE SUR LUI
Merci et bonne matinée

VROUM
OUH LÀ ...
ÇA M'A CASSÉE, TOUTES CES RÉ-FLEXIONS ...
ALLEZ, DODO
J'Y VERRAI SANS DOUTE PLUS CLAIR ...
À TÊTE REPOSÉE, COMME ON DIT
VLAM

TIENS ?
MAM...
ELLE EST AVEC UN HOMME ?
BOBOM
BAH ...
C'EST NORMAL QU'ELLE SORTE AVEC DES AMIES ... OU AMIS
L'UN D'EUX LA RAC-COMPAGNE, VOILÀ TOUT
MAIS POURQUOI IL LA DÉ-POSE ICI ? ELLE POUVAIT DESCENDRE ...
PLUS PRÈS DE CHEZ NOUS, QUAND MÊME
C'est bizarre

BOOBOOM
VROUM
VROOOOO

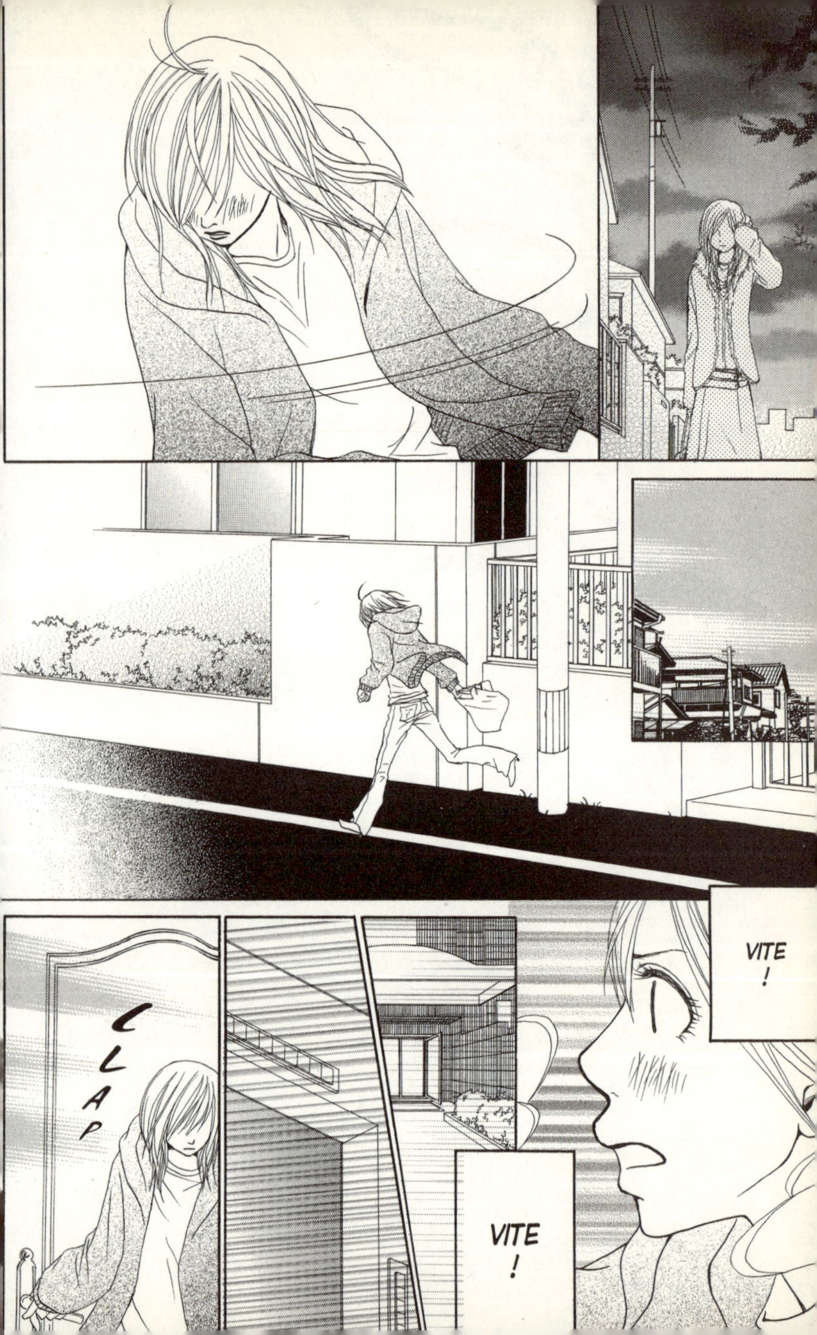
CLAP
VITE !
VITE !

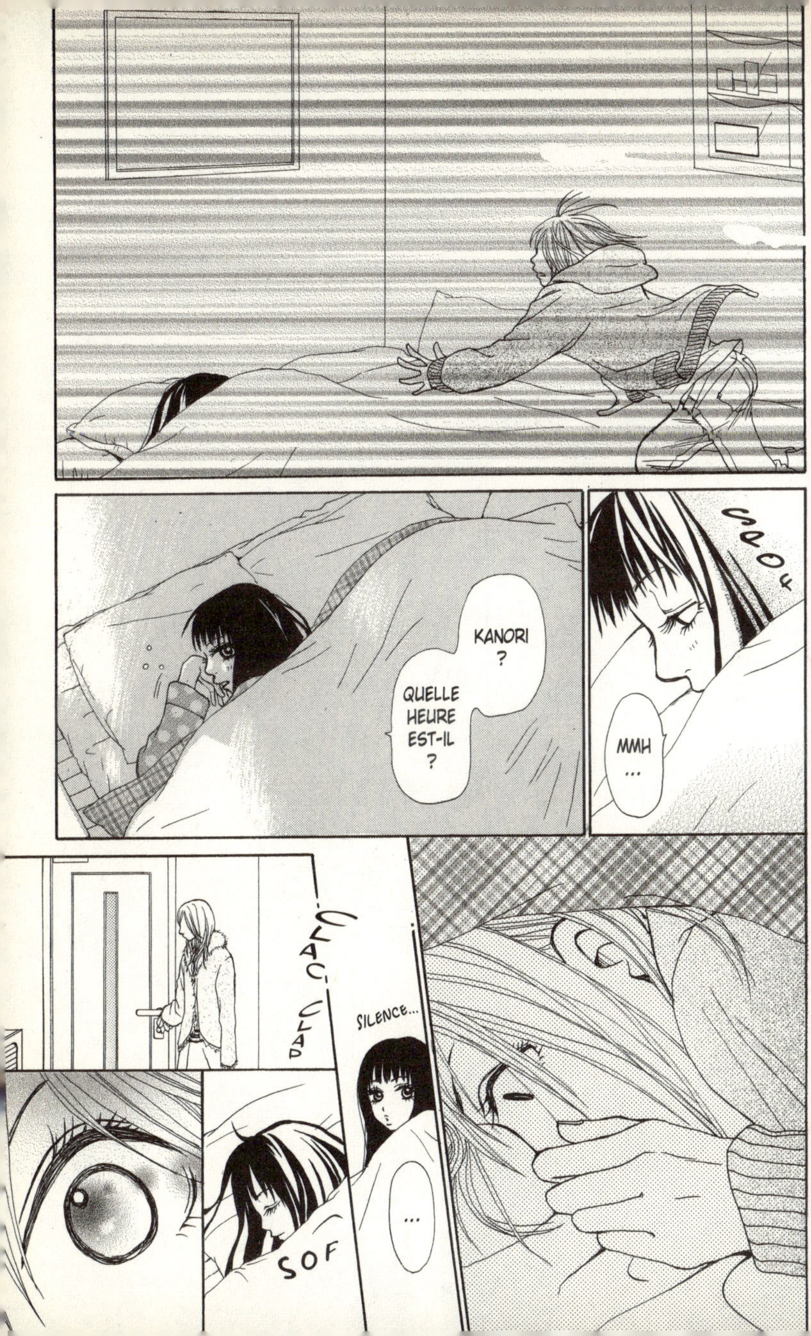

MMH ...
KANORI ?
QUELLE HEURE EST-IL ?
CLAC
CLAP
SILENCE...
...
SOF

CE TYPE ... JE LE RE-CONNAIS !
JE L'AI CROISÉ PLUSIEURS FOIS, EN BAS DE L'IMMEUBLE
SI JE ME SOUVIENS BIEN, CES JOURS-LÀ ...
MA MÈRE RESTAIT DES HEURES PERDUE DANS SES PENSÉES

ET MAIN-TENANT ...
VOILÀ QUE JE DÉCOUVRE QU'ELLE A UN ...
NON, PAS ÇA !
PAS MAIN-TENANT !!

MERCI BEAUCOUP, KANORI ! C'ÉTAIT SUPER SYMPA !
MAIS DE RIEN ! JE DESCENDS AVEC VOUS
ALORS ...
TU AS UN PETIT BOULOT, SAKAGAMI ?
OUI
À QUELLE HEURE TU DOIS Y ÊTRE ?
DIX HEURES ...
ET TU REPASSES CHEZ TOI AVANT ?
DANS CE CAS, GROUILLE-TOI !
EUH ... T'AS RAISON
Je file
TU BOSSES DANS UNE LIBRAIRIE ? Ça doit être cool !
Vous vendez des CD, aussi ?
KANORI ...

À PROPOS DE CE DONT ON A PARLÉ HIER SOIR ...
JUSTE UNE CHOSE : NE SOIS PAS TROP TÊTUE, O.K. ?
JE SAIS QUE ÇA NE ME REGARDE PAS, MAIS BON ...
ELLE QUI PRÉTEND NE PAS DONNER DE BONS CONSEILS ...
EN RÉALITÉ, ELLE SE PREND LA TÊTE POUR MOI ... C'EST TROP GENTIL
BON, LES FILLES ...
BONNE FIN D'ANNÉE !
On se voit bientôt !
Ouais, avec trois kilos de plus ! Merci les fêtes !
HA HA HA HA
TOC
CLAC

SHAC
SHAC
SHAC
SHAC
SHAC
MMM, ÇA SENT BON ♥
TU PRÉPARES DE LA SOUPE MISO ? JE PEUX GOÛTER ?
BIEN SÛR, C'EST MÊME POUR TOI. ÇA REMET D'APLOMB, QUAND ON A LA GUEULE DE BOIS …
D'après des copains à moi
Les garçons
OUH
PARDON ?
MAIS … JE N'AI PAS LA GUEULE DE BOIS, MA CHÉRIE !
JE TE PROMETS QUE TU SENS L'ALCOOL, M'MAN
NON, C'EST VRAI ?!
C'est bizarre, je n'ai pourtant pas beaucoup bu
FOOUH
TIENS, BON APPÉTIT

DIS, C'EST UN PEU FADE. J'AI L'IMPRESSION QU'IL MANQUE UN TRUC ...
VOYONS VOIR
À force d'ajouter du miso et de l'eau, peut-être que ...
TU N'AURAIS PAS ...
OUBLIÉ LE BOUILLON ?
HEIN ?
LE MACHIN DANS LEQUEL TREMPE LE MISO ?
OUI, C'EST ÇA
AH
BEN, DANS CE CAS ...
C'EST VRAI QU'ON EST TELLEMENT HABITUÉ AU GOÛT DE L'INSTANTANÉ
ÇA FACILITE LA TÂCHE, BIEN SÛR, MAIS ...
Moi aussi, je triche !
TANT QU'À FAIRE, JE T'APPRENDRAI À PRÉPARER UN VRAI BOUILLON !
Euh ...
COMME MA MÈRE ME L'AVAIT ELLE-MÊME MONTRÉ
Ta grand-mère, donc
Oui, j'avais compris, m'man
EN CUISINE, RIEN NE VAUT LE SOIN APPORTÉ À UN PLAT DE TOUS LES JOURS
ET DANS LA VIE, C'EST PAREIL. CE QUI COMPTE VRAIMENT, CE SONT LES PETITES ATTENTIONS
MAIS ...

BREF
C'EST DÉJÀ BIEN, POUR UN PREMIER ESSAI !
MOUAIS, C'EST ÇA ...
JE LUI PARLE COMME SI DE RIEN N'ÉTAIT !
COMMENT EST-CE POSSIBLE ?

本
CD
* LIVRES.
BONNE SOIRÉE
MERCI, AU REVOIR !
BONJOUR !
FIOUUUU
SAKAGAMI

OH LÀ LÀ, MES JAMBES ...
MOI QUI CROYAIS QUE CE SERAIT UN JOB FACILE ...
JE ME SUIS TROMPÉE !
SAKAGAMI !
DEMAIN, ON REÇOIT LES MANGAS
IL FAUDRA LES METTRE SOUS PLASTIQUE, D'ACCORD ?
Tu verras, ça représente pas mal de travail ...
EUH ... OUI
TU LU LU LU LU
TU AS FINI ?
"OUI ...
J'ARRIVE !"
To : YÛYA ENA
ET ... J'ENVOIE
ENA ?!

HEIN ?
OUPS, PARDON
Pas fait exprès de regarder
EXCUSE-MOI, MAIS LE NOM DE "YÛYA ENA" ME DIT QUELQUE CHOSE. IL EST TRÈS GRAND, NON ?
EUH ... EN EFFET
C'est sûrement lui
HMM, JE ME SOUVIENS ...
IL PASSAIT SON TEMPS AVEC KÔTA NAKAO. ILS SONT TOUJOURS AMIS ?
ENA !

ÇA SE PASSE BIEN, LE BOULOT ? À PROPOS ...
ÇA ME GÊNE PAS QUE TU BOSSES ...
PARDON ? AH ! HI HI !
ON VA SE BOUFFER UN TRUC ?
AVEC PLAISIR !
ÇA FAIT LONGTEMPS ... QU'ON N'ÉTAIT PAS ALLÉS AU RESTO, TOUS LES DEUX ...
AH OUAIS ? ÇA M'A PAS MARQUÉ
AH ... BON ...
TAP TAP TAP TAP
TAP TAP TAP
AU FAIT ...

TU AS DIT AUX FLICS QUE MIYATA T'AVAIT VIOLÉE ?
!
ILS T'ONT PAS APPELÉE AU SUJET ...
DE LA FILLE ASSASSINÉE ? T'AS FORCÉMENT REÇU UN COUP DE FIL DE LA POLICE
Ils m'ont bien appelé, moi
...
NON, JE ... JE N'AI RIEN DIT ...
J'AI PENSÉ QU'IL VALAIT MIEUX ... PARCE QUE ...
... OUAIS
JE VOIS
À MON AVIS, T'AS EU RAISON
ÇA REMUE LE COUTEAU DANS LA PLAIE, DE TOUT RACONTER AUX FLICS ...
ET MOI, J'AI PAS ENVIE DE TE VOIR SOUFFRIR

DIRE QU'ELLE POURRAIT ENVOYER CE SALAUD EN TAULE ... MAIS JE RISQUERAIS D'ÊTRE SOUPÇONNÉ MOI AUSSI
OUAIS, CET ENFOIRÉ PARLERAIT SÛREMENT DE MON RÔLE DANS LE VIOL DE KAZU ...
PAS MAL, HEIN ?
OUI, C'ÉTAIT TRÈS BON !
MERCI DE M'AVOIR INVITÉE
LA PROCHAINE FOIS, C'EST MON TOUR, AVEC MA PREMIÈRE PAYE
O.K.
BEN, À PLUS
HEIN ?
IL S'EN VA DÉJÀ ?
APRÈS TOUT CE TEMPS PASSÉ LOIN L'UN DE L'AUTRE ...
ENA ...
J'AI BESOIN DE TOI !
EUH ... ATTENDS !
JE T'EN PRIE ...
TAP TAP TAP

MAMAN N'EST PAS À LA MAISON, CE SOIR
LAISSE-MOI RESTER AUPRÈS DE TOI
EH BEN ...
C'EST CE QU'ON APPELLE UNE JOURNÉE DE GLANDE !
MAIS APRÈS TOUT, C'EST LES VACANCES
SI JE POUVAIS ME RENDORMIR ...
SAF

...
JE ME SENS TOUTE MOLLE ...
PLUS ...
LE GOÛT À RIEN
POF
ALLEZ ...
ENCORE UN PETIT DODO ...
J'AIMERAIS REPREN-DRE DES FORCES ...
POUR AVOIR LE COURAGE ...
DE DEMAN-DER À KÔ QUELLE EST SA COULEUR PRÉFÉRÉE

QUE DOIS-JE FAIRE POUR QUE TU M'AIMES PLUS ENCORE ? POUR QUE TU ÉPROUVES LA MÊME PASSION QUE JE RESSENS POUR TOI ?
KAZU ...
APPROCHE

COMME ELLES
Scene twenty-six - See -

EH BEN, T'ATTENDS QUOI ? VIENS !
...
EUH ...
D'ACCORD

TIENS, J'AI FAIT DU THÉ
JE T'EN PRIE, SERS-TOI
TU VEUX REGARDER LA TÉLÉ ?
AH, J'AIMERAIS TE MONTRER QUELQUE CHOSE !
J'AI FAIT UN GÂTEAU, POUR NOËL, IL ÉTAIT TELLEMENT BEAU QUE JE L'AI PRIS EN PHOTO ! REGA...

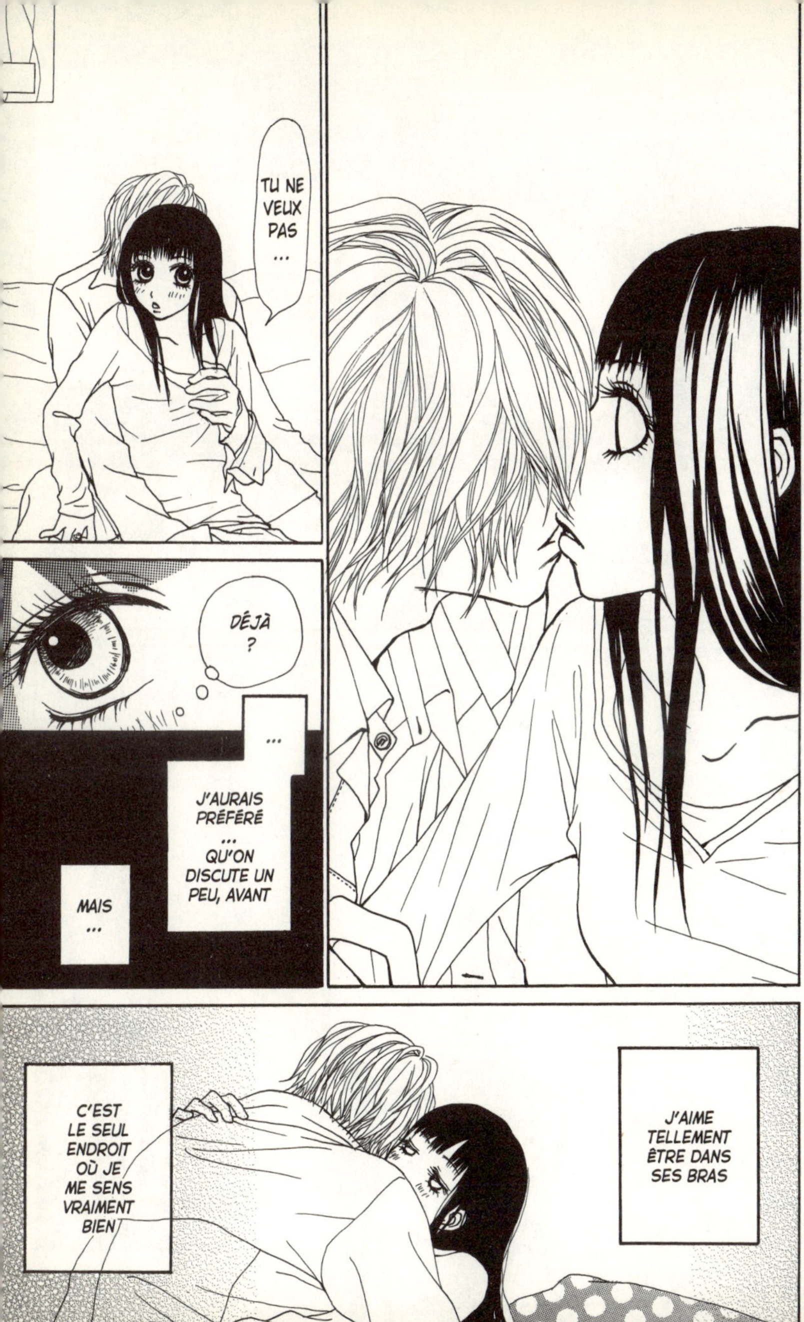
TU NE VEUX PAS ...
DÉJÀ ?
...
J'AURAIS PRÉFÉRÉ ... QU'ON DISCUTE UN PEU, AVANT
MAIS ...
J'AIME TELLEMENT ÊTRE DANS SES BRAS
C'EST LE SEUL ENDROIT OÙ JE ME SENS VRAIMENT BIEN

POURTANT, JE NE DOIS PAS ÊTRE LA SEULE À PROFITER DE LEUR ÉTREINTE ...
NON, JE N'AI PAS ENVIE DE PENSER AUX AUTRES, PAS MAINTENANT !
DÉSAPE-TOI
BEN QUOI ?
ON FAIT PAS L'AMOUR ?
HEIN ?
EUH ...
SI, SI !

KAZU ...
OCCUPE-TOI DE MOI, S'IL TE PLAÎT
PAS DE CARESSE, PAS DE TENDRESSE ... ÇA FAIT MAL
ET AVEC LES AUTRES, TE COMPORTES-TU PAREIL ?

À PRÉSENT ...
JE ME DEMANDE SI TU M'AIMES VRAIMENT ...
OU SI JE SUIS JUSTE ...
UNE FILLE DE PLUS SUR LA LISTE DE TES COPINES D'OCCASION
ENA ...
JE T'AIME !
PFRR
Hi hi
COOL !

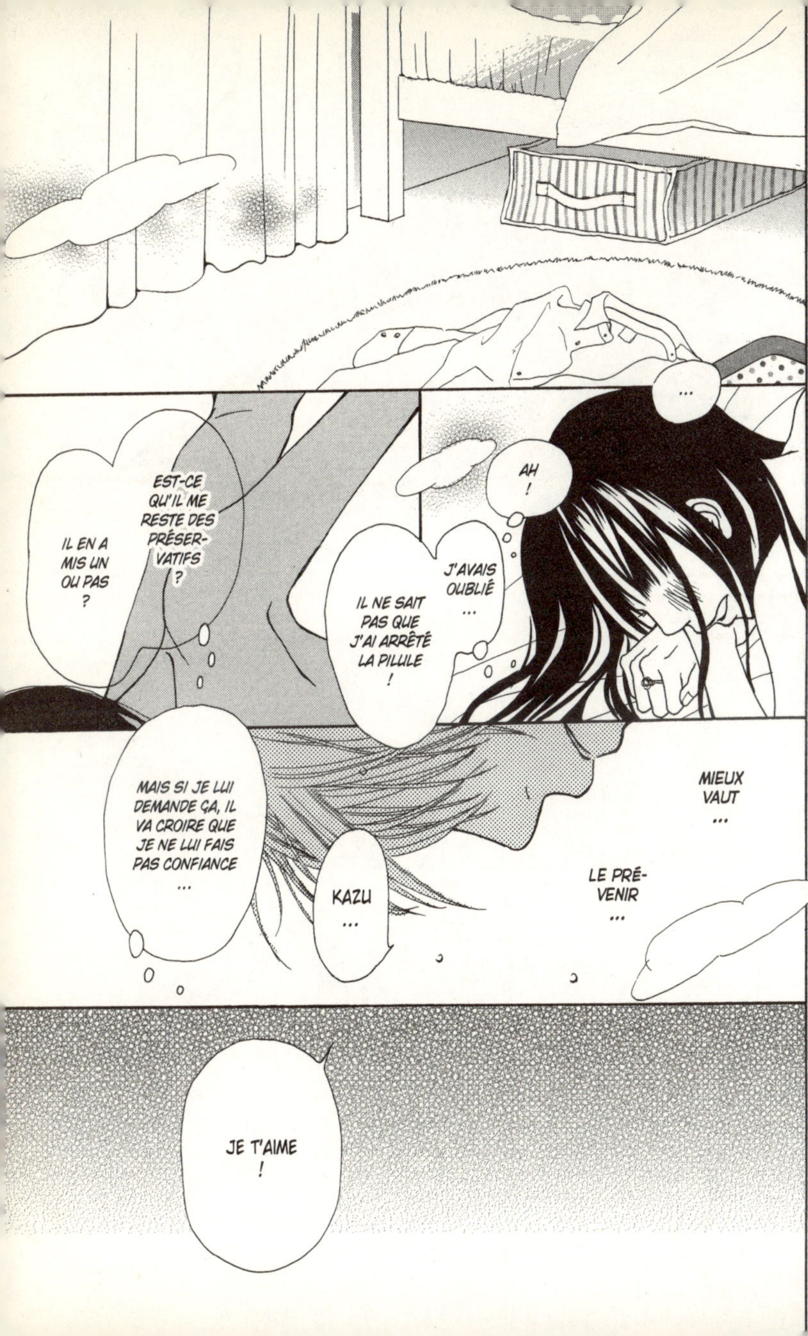
...
AH !
J'AVAIS OUBLIÉ ...
IL NE SAIT PAS QUE J'AI ARRÊTÉ LA PILULE !
EST-CE QU'IL ME RESTE DES PRÉSERVATIFS ?
IL EN A MIS UN OU PAS ?
MIEUX VAUT ...
LE PRÉVENIR ...
KAZU ...
MAIS SI JE LUI DEMANDE ÇA, IL VA CROIRE QUE JE NE LUI FAIS PAS CONFIANCE ...
JE T'AIME !

J'IGNORE POURQUOI, MAIS JE ME SENS TOUJOURS COUPABLE, QUAND JE SUIS AVEC LUI
C'EST POURTANT LE SEUL ÊTRE SUR TERRE À ME RENDRE HEUREUSE ... N'EST-CE PAS ?
JE FILE
DONNE-MOI UNE MINUTE

JE T'AC- COMPAGNE JUSQU'AU MÉTRO
C'EST PAS LA PEINE
JE SUIS UN GRAND GARÇON
ARRÊTE ! C'EST JUSTE POUR ÊTRE UN PEU PLUS AVEC TOI
ALLEZ, JUSQU'À L'AVENUE
STEU- PLÉ !
BON ... PUIS- QUE T'INSIS- TES ...
YOUPI !
TAP
GRIP
!

DIS DONC, TOI
TU MARCHES TROP VITE POUR MOI !
...
HMM ...
O.K. ...
EXCUSE !
HI HI !
FIUU
OUF
BON, ON S'APPELLE ?

OUI
RENTRE BIEN
BYE !
AH ...
ATTENDS !
TAP TAP TAP
CHOP
UN DERNIER BISOU ♥
T'ES DRÔLEMENT EXCITÉE, CE SOIR ! T'AS FUMÉ QUOI ?
MAIS RIEN DU TOUT !

STEUPLÉ ...
ENCORE UN ...
JE VAIS FINIR PAR LOUPER MON TRAIN
ÇA SUFFIT, BÉBÉ
EH BIEN, TU N'AS QU'À VENIR DORMIR CHEZ MOI !
HEIN ?
ALORS ?
CO-QUINE
ALLEZ, JE TE LAISSE

ET VOILÀ ...
IL EST PARTI, ET AVEC LUI, C'EST UNE BELLE JOURNÉE QUI S'ACHÈVE
J'AI PASSÉ UNE SUPER SOIRÉE
ON SE REVOIT QUAND ?
OUI ...

CETTE JOURNÉE A ÉTÉ PARFAITE
AUCUN SOUCI ...
QUE DES BONS MOMENTS
POURTANT ...
JE RESSENS ...
COMME UN MANQUE. UNE SORTE DE VIDE

ENA A ÉTÉ TRÈS GENTIL
IL M'A MÊME PAR-DONNÉE
ET SI C'ÉTAIT MOI QUI DEVENAIS PLUS EXI-GEANTE ?
QUE DOIS-JE FAIRE ...
POUR QU'IL M'AIME DAVANTAGE ?
PEUT-ÊTRE FAUT-IL ...
QUE JE L'AIME PLUS FORT ENCORE ?

* ENVIRON SEPT EUROS. ** ENVIRON 1,15 EURO.

BONJOUR !
?!!
SA...
SAKAGAMI ?!
PARDON ?
C'EST MOI ...
KAJIKAWA !
TU ...
ME RECONNAIS ?
MAIS ... TU AS LE DROIT DE BOSSER ICI ?
CHUT
PSST
ÇA RESTE ENTRE NOUS, D'ACCORD ?
BAH, LE BAHUT NE VA SÛREMENT PAS TE REPROCHER DE FAIRE TON BOULOT SÉRIEUSEMENT
C'EST VRAI QUE LES PROFS NOUS L'INTERDISENT MAIS BON, C'EST PAR PRINCIPE. ET PUIS, ILS NE VONT PAS ALLER VÉRIFIER !
Y a plein de lycéens qui le font !
Oh, on partage un nouveau secret !

TIENS, ÇA ME RAPPEL-LE LA NANA QUI BOSSAIT DANS UN BAR. CELLE-LÀ, PAR CONTRE, LES PROFS L'ONT ALLUMÉE !
C'EST VRAI ?
EH OUAIS
KAJIKAWA !
TU AS TROUVÉ TON LIVRE ?
SOURIRE
SOURIRE
?
EUH ... ON SORT DE L'EN-TRAÎNE-MENT LÀ ...
ET DONC, ELLE, C'EST YADA, UNE ASSISTANTE DU CLUB
SALUT !
ÇA EXPLIQUE QUE VOUS SOYEZ EN UNIFORME
BON, ON Y VA
DÉSOLÉ DE T'AVOIR DÉRANGÉE
MAIS PAS DU TOUT !
AU CONTRAIRE. ÇA ME CHANGE, DE PARLER AVEC QUELQU'UN QUE JE CONNAIS !

?!
!
TCHAO ET BON COURAGE !
EUH ...
J'ESPÈRE QUE ÇA NE POSERA PAS DE PROBLÈMES. JE VEUX DIRE, ENTRE TOI ET CETTE FILLE ...
En plus, ils sont dans ton lycée, elle pourrait te dénoncer, pour le boulot
POURQUOI ... ...
FERAIT-ELLE ÇA ?
...
VOUS POUVEZ PARTIR, MESDEMOISELLES
POUR RIEN. EXCUSE-MOI, ÇA NE ME CONCERNE PAS
ON DIRAIT QUE NOS COLLÈGUES DU SOIR SONT ARRIVÉS !
OUI

ENFIN LIBÉRÉE ! DU MOINS POUR AUJOURD'HUI
AH, SAKAGAMI
TU AS QUELQUE CHOSE DE PRÉVU, CE SOIR ?
TU SAIS, AVANT TON ARRIVÉE, J'AVAIS PAS MAL DE COLLÈGUES PLUS ÂGÉES. DU COUP, JE ME SENTAIS UN PEU SEULE
ON POURRAIT SE FAIRE UNE PETITE SORTIE ? UN TRUC SIMPLE, GENRE PRENDRE UN VERRE
MOI, ÇA ME DÉTEND, APRÈS LE TRAVAIL
OUI, ÇA DOIT FAIRE DU BIEN
D'AILLEURS, CE QUI EST SYMPA ...
DANS UN PETIT BOULOT, C'EST DE POUVOIR SE FAIRE DES AMIS !
POURQUOI PAS ? MAIS PAS CE SOIR
SOURIRE TOUTE LA JOURNÉE ...
M'A TOUT BONNEMENT ÉPUISÉE
JE N'AI QU'UNE ENVIE : RENTRER CHEZ MOI POUR ÊTRE AU CALME
OU PEUT-ÊTRE ...
DÉSOLÉE MAIS ...

MA MÈRE M'A DEMANDÉ DE RENTRER TÔT, CE SOIR
AH
DOMMAGE. UNE AUTRE FOIS PEUT-ÊTRE ?
JE M'EXCUSE ...
PAS LA PEINE. C'EST NORMAL, JE TE LE PROPOSE AU DERNIER MOMENT
RETROUVER LES BRAS D'ENA
AU REVOIR !
BONNE SOIRÉE !
ATTENDS !
ON PEUT FAIRE ...
UN BOUT DE CHEMIN ENSEMBLE ?
DIS-MOI ...
OUI ?
J'IMAGINE QUE ...

TU CONNAIS NAKAO, N'EST-CE PAS ?
NAKAO ?
AH ... ELLE PARLE DE KÔTA
OUI
C'EST UN AMI
C'EST VRAI ?!
ALORS ...
ÇA T'EMBÊTERAIT DE LUI PROPOSER DE NOUS REJOINDRE
EUH ...
PEUT-ÊTRE QUE ÇA ME PERMETTRAIT ...
DE VOIR ENA ?
O.K.
PAS DE PROBLÈME
MAIN-TENANT ?
HEIN ?!
NON, NON, PAS CE SOIR !
JE SUIS TROP MOCHE AVEC MES LUNETTES !
L'HOR-REUR !
J'SUIS HIDEUSE !
D'HABITUDE, JE PORTE DES LEN-TILLES ... MAIS JE PRÉFÈRE METTRE MES LUNETTES AU BOULOT
ET PUIS, TU AS VU COMMENT JE SUIS COIFFÉE ? ET HABILLÉE COMME UN SAC, EN PLUS ...
DANS CE CAS ...

DEMAIN, ÇA TE VA ?
OUI, PAR-FAIT
MAIS ...
S'IL N'EST PAS DISPO, JE PEUX ME LIBÉRER FACILEMENT UN AUTRE SOIR ...
O.K.
ENTENDU
JE LUI DIRAI

TIC
KÔTA NAKAO
09033
...
POF
KÔTA
TIC
TIC
TIC
GNNN
SAF
MAIS QUELLE GOURDE !!
QU'EST-CE QUE TU ATTENDS, À LA FIN ?!
IL NE S'AGIT PAS DE LUI FAIRE UNE DÉCLARATION D'AMOUR, ALORS QUOI ?!!

TIC
TUU TUU TUU
TU LULULULU
ZUT, IL N'EST PAS EN LIGNE ! OH NON, IL VA DÉCROCHER !!!
TU LULULULU
FFFFH
FFOOUH
ON DIRAIT QU'UNE FOIS DE PLUS ...
J'AI DU MAL ...
À AFFRONTER LA RÉALITÉ

J'AIME-RAIS FAIRE ...
TABLE RASE DU PASSÉ
ALLÔ ?
AH !
KÔ ?
...
KANO ...
ÇA VA ?
EUH ...
OUI

FINI LES MALENTENDUS ...
CE QUE LA VIE ME RÉSERVE : DE BONNES OU MAUVAISES SURPRISES
JE T'APPELLE PARCE QUE ... POUR SAVOIR SI ...
TU AS ...
QUELQUE CHOSE DE PRÉVU DEMAIN
FINI LES PRISES DE TÊTE INUTILES
J'AIMERAIS TE VOIR ... POUR DISCUTER
À PARTIR DE MAINTENANT ...
J'ASSUME CE QUE JE SUIS, MAIS AUSSI ...
TU VEUX PAS QU'ON DISCUTE MAINTENANT ?
BEN ... LE SOUCI, C'EST QU'ENA VIENT JUSTE DE ME PROPOSER DE RETROUVER DES POTES DU COLLÈGE, DEMAIN SOIR
EN-CORE LUI ?!
AH, O.K.
NON, JE ... JE PRÉFÉRERAIS QU'ON PARLE TRANQUILLEMENT, FACE À FACE
MAIS TU ES LIBRE, DANS L'APRÈS-MIDI ?

NON PLUS
JE SUIS PRIS
DÉSOLÉ …
BON …
O.K.
DANS CE CAS, JE TE RAPPELLE PLUS TARD ?
ÉCOUTE …
JE RISQUE DE PAS ÊTRE DISPO, PENDANT CES VACANCES
IL FAUT QUE J'AILLE VOIR MA FAMILLE, TOUT ÇA …
OUI, BIEN SÛR
JE COMPRENDS
IL DÉTESTE TROP RETOURNER CHEZ LUI
KÔ, JE T'EN PRIE, NE ME FERME PAS …
LA PORTE DE TON CŒUR
À PRÉSENT, JE SUIS PRÊTE À T'ÉCOUTER ET À T'ACCEPTER TEL QUE TU ES

IL FAUT QU'ON APPRENNE À SE SORTIR DES SITUATIONS DIFFICILES
OUI
O.K.
À LA PROCHAINE
BIP
J'AIMERAIS TE VOIR POUR DISCUTER
CLAP
STOF
TIC
HA HA HA HA HA

ELLE VOULAIT PEUT-ÊTRE ...
ME DIRE ...
QUE C'ÉTAIT FINI ?
HA HA HA HA
Eh oui !
12 December

* LES JAPONAIS VONT GÉNÉRALEMENT PRIER OU FAIRE UN VŒU DANS UN SANCTUAIRE SHINTO, LORS DES TROIS PREMIERS JOURS DE L'ANNÉE.

BON COURAGE, À DEMAIN !
MERCI, BONNE SOIRÉE !
MAIS AU FAIT ...
VOUS ÊTES QUI ?
Je blague, enfin, à peine ...
JE NE SUIS PAS SI DIFFÉ-RENTE, TOUT DE MÊME !
CLAC
MAIS NON ! TU ES EXACTE-MENT COMME D'HABITUDE !
Ils sont bêtes, c'est tout
EH BEN, SUZUKI ! TU AS QUITTÉ TES LUNETTES POUR ENFILER TON COSTUME DE SUPER-HÉROÏNE ?
ARRÊTEZ, VOUS EXAGÉREZ !
Mé-chants !
EUH, MERCI POUR LE COMPLIMENT ...
QUOI ?
NON, RIEN

BREF, CHANGEONS DE SUJET ...
?
AH, UNE SECONDE ...
JE DEVAIS LES APPELER EN SORTANT DU BOULOT
ENA ?
OUI, ON A FINI
OUI
D'ACCORD, ON ARRIVE
ILS NOUS ATTENDENT
ON Y VA ?
QUOI ?!
DÉJÀ ?!
EUH ... O.K. !
GLOUP
VOUS ÉTIEZ DANS LA MÊME CLASSE, AU COLLÈGE, C'EST ÇA ?
OUI, EN QUATRIÈME ET EN TROISIÈME
TU N'AS DONC QU'UN AN DE PLUS QUE MOI ? JE TE VOYAIS PLUS ÂGÉE
HUM ... POURTANT, UN AN, ÇA NE CHANGE PAS GRAND-CHOSE !
APRÈS LE COLLÈGE, JE NE SUIS PAS ENTRÉE AU MÊME LYCÉE QUE ...
AH !

LES VOILÀ !
ENAAA !
VOUS ÊTES À LA BOURRE
DÉSO-LÉE !
SALUT, KÔTA ! ÇA FAIT UN MOMENT QU'ON NE S'ÉTAIT PAS VUS
OUAIS. ÇA VA, TOI ?
DIS ...
ENA ...

2×2
C'EST QUOI CE PLAN À QUATRE ?
J'ÉTAIS PAS AU COURANT
TU M'AVAIS PARLÉ DE POTES DU COLLÈGE ...
JUSTE-MENT ...
J'ÉTAIS AVEC VOUS AU COLLÈGE. JE M'APPELLE SUZUKI
SAKAGAMI ET MOI, ON TRAVAILLE DANS LA MÊME LIBRAIRIE, DU COUP, ON FAISAIT LE CHEMIN ENSEMBLE ET ...
Ah bon ? T'es sûr ?
IL Y AVAIT PAS TROIS SUZUKI DANS NOTRE CLASSE ?
PLUTÔT QUATRE !
TU NE DOIS PAS TE SOUVENIR DE MOI ...
J'ÉTAIS TELLEMENT DISCRÈTE !
Euh ...
T'as changé, peut-être ?
Mieux vaut que tu m'aies oubliée, d'ailleurs ...
MAIS ÇA ME REVIENDRA SÛREMENT EN FEUILLETANT L'ALBUM PHOTO DU BAHUT
HEIN, ENA ?
EUH ...
OUAIS, SANS DOUTE ...

ON SE FAIT UN RESTO ?
VIENS DONC AVEC NOUS, SUZUKI
O.K., JE VOUS SUIS !
J'AVAIS RAISON
SOUS TES AIRS INNOCENTS, T'ES UNE MALIGNE, TOI ...
PSST
COMMENT ÇA ?
RIEN
LAISSE TOMBER ...

COMME ELLES

Scene twenty-seven - Comfort -

NOTRE PREMIER BAISER, C'ÉTAIT DANS LA CABINE DE LA GRANDE ROUE. ON ÉTAIT ARRÊTÉS PILE AU SOMMET
UN INSTANT, JE ME SUIS DEMANDÉ COMMENT J'ALLAIS FAIRE POUR CONTINUER À RESPIRER !

JE ME RAPPELLE AUSSI TRÈS BIEN DU COUCHER DE SOLEIL ÉBLOUISSANT ...
ET DE L'AMBIANCE HYPER-ROMANTIQUE, QUI NOUS A MIS UN PEU MAL À L'AISE
JE M'EN SOUVIENS COMME SI C'ÉTAIT HIER
ET TOI, KÔ ?
QUELS SOUVENIRS AS-TU GARDÉS DE CETTE JOURNÉE ?
J'AI FINI !

VOYONS ÇA ...
GOÛTE S'IL TE PLAÎT, ET DIS-MOI
...
ALORS ?
EH BIEN
BRAVO ! C'EST TRÈS BON !
TU VOIS, J'AVAIS RAISON ! DÈS QUE TU TE LANCES DANS QUELQUE CHOSE, TU LE RÉUSSIS !
ÇA VA, N'EN FAIS PAS TROP, TOUT DE MÊME !
CES DERNIERS TEMPS ...
MA MÈRE EST D'EXCELLENTE HUMEUR
JE ME DEMANDE SI CE N'EST PAS FORCÉ ...

COMME SI ELLE SE SENTAIT COUPABLE DE QUELQUE CHOSE, ET QU'ELLE ES-SAYAIT DE LE CACHER
À MOINS...
QU'ELLE SOIT TOUT SIMPLEMENT AMOUREUSE ?
QUOI ?
RIEN
ALLEZ, DIS-MOI !
AH, LÂCHE-MOI UN PEU, M'MAN !
ELLE ?
AMOU-REUSE ?
J'AI DU MAL À L'IMA-GINER !
LA PROCHAINE FOIS, ON S'ATTAQUE À L'*OSECHI**, D'ACCORD ?
PEUT-ÊTRE...
* PLAT DU NOUVEL AN, COMPOSÉ DE PETITS METS FROIDS PRÉSENTÉS DANS DES PANIERS-REPAS ÉLABORÉS.

À L'OSECHI ?!
ÇA VA PAS LA TÊTE ?!
Tu places la barre vachement trop haut !!
MAIS NON, TU VERRAS ! TOUS LES ANS, JE M'EN OCCUPE SEULE ...
MAIS CETTE ANNÉE, J'AIMERAIS VRAIMENT QUE TU M'AIDES. D'AILLEURS, C'EST UN ORDRE !
MAIS EUUH !
... QUE C'EST MON REGARD ...
QUI A CHANGÉ. ET SI JE COMMENÇAIS À LA VOIR COMME UNE FEMME ?
CLAP

CLAC
...
AH
UN MESSAGE DE YANAGI
À NOUS LES SOLDES !! ET PAS D'EXCUSES, TU ES OBLIGÉE DE M'ACCOMPAGNER !!
"ÇA MARCHE" !!
Hop
TIC
...
TIC
VÉRIFIER
DONNÉES
TIC
TIC
PFRR
KÔ
...

SI ON POUVAIT SE RETROUVER ...
COMME AVANT ...
PEUT-ÊTRE N'EST-IL PAS TROP TARD ?
TOUT VA BIEN ?

HEIN ?
TU VAS AUX TOI-LETTES ?
OUI, OUI
CLAC
OUAIS
ON SE DEMANDAIT CE QUE TU FABRIQUAIS, À RESTER SI LONG-TEMPS AU TÉLÉPHONE. TU AS L'AIR FATIGUÉ, TU TE SENS BIEN ?
ENA T'A UN PEU FORCÉ LA MAIN, CÔTÉ PICOLE, NON ? JE SUIS DÉSOLÉ
NON
JE T'ASSURE QUE TOUT EST O.K.
TU SAIS, IL M'ARRIVE TOUT DE MÊME DE SORTIR, DE TEMPS EN TEMPS ...
PIGÉ
EXCUSE, JE SUIS LOURD
EN FAIT, J'AI APPELÉ CHEZ MOI ...
POUR PRÉVENIR DE NE PAS M'ATTENDRE POUR DÎNER. ET JE ME SUIS FAIT PASSER UN SACRÉ SAVON ...
HA HA
À TOUTE

* ÉLÈVE CHARGÉ DE NOTER CERTAINES INFORMATIONS DONNÉES PAR LES PROFESSEURS OU LES RÉSULTATS DE DISCUSSIONS ENTRE ÉLÈVES.

ENA ET MOI ON NE DISCUTE JAMAIS DE CETTE FAÇON ...
MAIS SI, ENA !
BEN NON, DÉSOLÉ, ÇA ME RE-VIENT PAS
PIM
GNI
ATTENDS ! AUTRE CHOSE ...
C'EST TOI QUI NETTOYAIS L'AQUARIUM DE LA CLASSE !
T'étais courageuse !
STOP !
ÇA SUFFIT, CHANGEONS DE SUJET !
PIM
TOP
TOP
PIM

HI HI !
À MON TOUR ! KÔTA, EST-CE QUE TU CONNAIS ...
CETTE RUMEUR SUR TOI ...
DISANT QUE TU AURAIS MIS UNE FILLE ENCEINTE ...
ET QU'ELLE AURAIT AVORTÉ ?
OUAH, KÔTA ! TROP CLASSE !
IL N'Y A QUE LES GARÇONS SUPER COOL SUR QUI ON RACONTE DES CHOSES PAREILLES !
Les filles fantasmaient drôlement sur toi, dis donc !
C'EST SÛR !
MAIS BON, C'ÉTAIT VRAIMENT N'IMPORTE QUOI ...
TU IMAGINES ? UN COLLÉGIEN !
HA HA HA HA HA

EUH ...
OUPS
DÉSOLÉE ...
VISIBLEMENT, J'AI GAFFÉ
NON, EN FAIT ...
EUH ... J'ÉTAIS PAS AU COURANT, MAIS, CONTRAIREMENT ...
À CE QUE VOUS PENSEZ, CERTAINS DEVAIENT M'EN VOULOIR POUR RACONTER UN TRUC AUSSI ... AUSSI ...
BREF, ON BOUGE ? UN KARAOKÉ, ÇA VOUS BRANCHE ?
SUZUKI, ÇA IRA, AVEC TES PARENTS ?
O.K., ON Y VA ?
OUI
Je gère
CLANG
ET MOI, KÔTA ?
TU NE ME POSES PAS LA QUESTION ?
O.K., "ÇA IRA, AVEC TES PARENTS" ?
MAIS QUAND MÊME !
OUI, MERCI !
HAHA HAHA
BEN, JE SAIS QU'ILS SONT PAS CHIANTS SUR LE SUJET ...
ZIUP
TIENS !

MERCI, KÔTA ... C'EST GENTIL

J'AI VU UN TYPE BIZARRE AUJOURD'HUI ...
À LA LIBRAIRIE
BIZARRE ? C'EST-À-DIRE ?
Ah, lui ! C'est ...
Un habitué
Ah bon ? Ça fait peur ...
ON FAIT QUOI, MEC ?
HEIN ?
Ben, on va au karaoké
TU VEUX ...
QU'ON VOUS FICHE UN PEU LA PAIX ?
OÙ TU VEUX EN VENIR, AU JUSTE ?
Tu me cherches ou quoi ?
BEN ...
VU QUE SUZUKI ET TOI, VOUS AVEZ L'AIR DE BIEN VOUS ENTENDRE, ON PEUT VOUS LAISSER SEULS TOUS LES DEUX ...
MOI, JE PENSE QU'À TON BONHEUR !
AH, JE VOIS
C'est pour ça que t'étais si mielleux
LES GARÇONS, DE QUOI VOUS PARLEZ ?
UN TRUC DE MECS
TU ... TU CROIS ?
ÇA DOIT ÊTRE COCHON, ALORS !
Ah là là !
MAIS NON ! N'IMPORTE QUOI !

REMARQUE, CE SERAIT NAZE DE COUCHER AVEC UNE FILLE QUI RESSEMBLE AUTANT À TA MEUF ! AH, CETTE CHÈRE PETITE KANORI ...
QUOI ?
OÙ T'AS VU QU'ELLES ...
SE RESSEMBLAIENT ? TU DÉLIRES, MEC !
AH BON ?
REGARDE MIEUX ...
HEIN ?
JE TE PROMETS ...
QU'ELLES ONT QUELQUE CHOSE DE FAMILIER
NON, JE VOIS PAS
KÔ ...

Quelques mots sur Pink Baby x Blue Boy...

Cette mini-série est d'abord parue dans le magazine féminin Junie.

Or, vu le nombre de pages, assez conséquent, on a songé à en publier la première moitié dans ce volume, et la seconde dans le suivant. Cependant...

Voilà pourquoi les huit chapitres de ce récit sont tous réunis dans ce volume !

Une dernière chose, j'aimerais une fois de plus remercier tout le monde ! C'est grâce à vous que je peux continuer à raconter des histoires. C'est votre soutien qui me donne la force d'avancer, jour après jour...

Rendez-vous au volume 8 !

29 · 10 · 2006

©Sakura Fujisue

xx THANX DEAR xx

ELLE VA PAS LUI LÂCHER LA GRAPPE ...
KÔTA ... TU SAURAS RÉSISTER ?
POF
BVVVR
TU PRENDS UN THÉ ?
OUI
MOI, JE VAIS PRENDRE ...
...
TU SAIS, NAKAO ...
JE TROUVE QUE TU AS DRÔLEMENT CHANGÉ

...
OUAIS. IL PARAÎT QUE JE SUIS PLUS AUSSI DÉCONNEUR QU'AVANT ...
HA HA HA !
NON, JE NE PARLAIS PAS DE ÇA !
HM ?
NON, RIEN
EN FAIT, JE VOULAIS DIRE QUE TU ÉTAIS DEVENU ... PLUS ABORDABLE
AVANT, TU SEMBLAIS TELLEMENT INACCESSIBLE ... JE N'OSAIS MÊME PAS TE REGARDER !
AH BON ?
C'EST PEUT-ÊTRE TOI QUI AS CHANGÉ, NON ?
HA HA !
OUI, SANS DOUTE

HM ?
...
QU'EST-CE QUI SE P...
SAP
EUH ...
DÉSOLÉ !
DÉCIDÉMENT ...
CES DEUX-LÀ NE SAVENT PAS SE TENIR !
ATTENDS-MOI ICI
CLAC
MAIS ...
SAF

EH OH !! VOUS VOUS CROYEZ OÙ ?!
SHAF
OUPS !
CE N'EST NI L'ENDROIT NI LE MOMENT DE FAIRE CE GENRE DE CHOSES ! ATTENDEZ DONC D'ÊTRE SEULS TOUS LES DEUX !
MAIS ... QUOI ?
AIDE-MOI, AU LIEU DE RIGOLER !
KAZUMI, UN PEU DE TENUE !
Tout de même !
OUI, PARDON ...
HA HA HA !
CHAPEAU, SUZUKI ! TU LES AS BIEN CALMÉS !
QUELLE FURIE, OUI !
HA HA HA HA HA !
MAIS ENFIN ?!
AU DÉBUT ...
DE MON HISTOIRE AVEC KANORI ...

* LA RÉSERVATION D'UNE CABINE DE KARAOKÉ SE FAIT À L'HEURE, ET ON PEUT ENSUITE PROLONGER PLUSIEURS FOIS DE TRENTE MINUTES.

* ENVIRON 4,10 EUROS.

HEP
MOI, JE PASSE VITE FAIT CHEZ KAZUMI
O.K.
Tu chantes bien !
Tu trouves ?
J'étais dans une chorale, avant ...
TU LA RACCOMPAGNES ?
...
SI TU VEUX
BÉBÉ !
SUZUKI ...
JE T'AC-COMPAGNE JUSQU'AU MÉTRO, O.K. ?
AH ...
MAIS ...
NON, CE N'EST PAS LA PEINE ! J'HABITE TOUT PRÈS D'ICI !
À cinq minutes à pied !
BYE, KÔTA
RENTREZ BIEN !

VOUS AUSSI
TCHAO !
BON
ALORS ...
...
EUH ...
VOILÀ VOILÀ !
MERCI POUR CE SOIR
C'ÉTAIT TRÈS SYMPA !
BON, JE TE LAISSE !!
ATTENDS, MOI AUSSI, JE VAIS DANS CETTE DIRECTION

JE DOIS T'AVOUER UN TRUC
AU COLLÈGE, J'ÉTAIS AMOUREUSE DE TOI
ENFIN, DISONS QUE ...
JE TE TROUVAIS SUPER MIGNON
AH ?
BEN, MERCI

DU COUP ...
J'AI EU ENVIE DE VOIR ...
À QUOI TU RESSEMBLAIS, MAINTENANT
C'ÉTAIT ...
DE LA SIMPLE CURIOSITÉ, DU MOINS AU DÉPART ...
AH BON ? HA HA
MAIS TRÈS VITE, J'AI RETROUVÉ CE QUI ME PLAISAIT EN TOI

TU ... TU N'ÉTAIS PAS PLACÉE DERRIÈRE MOI, EN CLASSE ?
SI, EN EFFET
JE FIXAIS ...
SOUVENT ...
TON DOS, TES ÉPAULES ...
...
PARDON !
PUSH
JE COMMENCE À RACONTER N'IMPORTE QUOI !
ON DIRAIT UNE GROSSE PERVERSE !!
EXCUSE-MOI, C'ÉTAIT DÉPLACÉ !!
DÉSOLÉE DE T'AVOIR COLLÉ ...
BON, ON AVANCE ?

AVEC KANO, JE M'ÉTAIS JURÉ ...
DE ME COMPORTER AUTREMENT ET DE ME CONSACRER ENTIÈREMENT À ELLE
J'AI EU BEAU L'AIMER DE TOUT MON ÊTRE, NOTRE RELATION N'A CESSÉ DE SE DÉTÉRIORER
J'IGNORE SI JE VAIS POUVOIR RATTRAPER LE COUP ...
OU SI JE DOIS TÂCHER DE FAIRE MIEUX, LA PROCHAINE FOIS

SI SEULEMENT IL SUFFISAIT D'APPUYER SUR LA TOUCHE "RESET"

...

NOTRE HISTOIRE POURRAIT ALORS RECOMMENCER, EN ÉTANT COMPLÈTEMENT DIFFÉRENTE

CHOP
MMH ...
ATTENDS ...
PUSH
GRIP
JE CROIS BIEN ...
QU'ON EST BOURRÉS

EST-CE QUE ...
JE TE REVERRAI SI ON LE FAIT MAINTENANT ?
EUH ...
OUI, SI TU VEUX
DANS CE CAS ...
O.K.
ÇA NE ME GÊNE PAS, MÊME SI JE SUIS UN PEU PAF
ON PEUT AUSSI EFFACER TOUTES CES LARMES ...
POUR REMETTRE LES COMPTEURS À ZÉRO ...

... ET DÉMARRER UNE AUTRE HISTOIRE
Tu dormais si bien, je n'avais pas envie de te réveiller.
À plus tard.

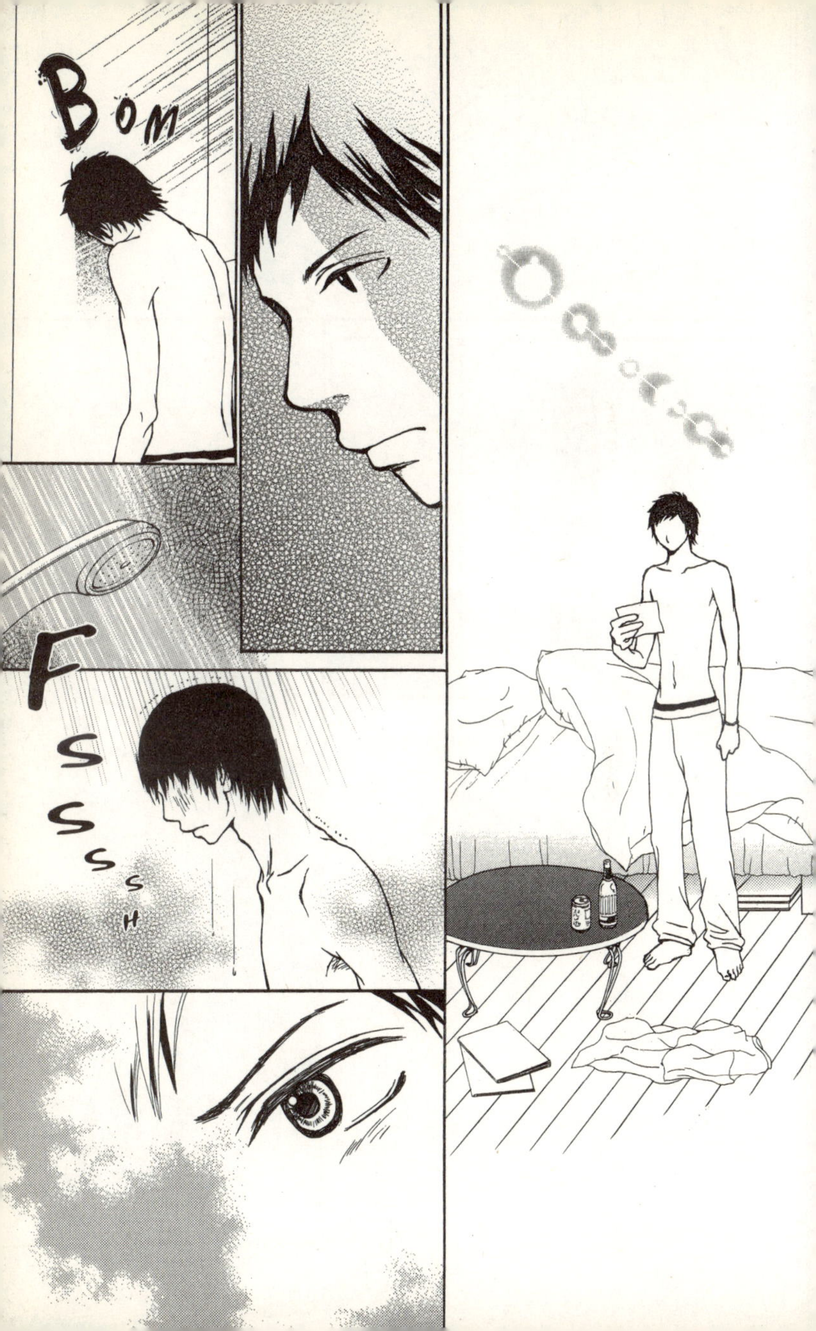
BOM
FSSSSH

Comme elles - volume 7 - Fin

D'HABITUDE, ON RÉSERVE LA COULEUR BLEU AUX GARÇONS ...
ET LE ROSE AUX FILLES
COMME MA MÈRE DÉTESTE CE CLICHÉ ...
MA PETITE SŒUR ET MOI, AVONS TOUJOURS ÉTÉ HABILLÉES EN MARRON OU EN JAUNE, BREF, DANS DES COULEURS UNISEXES
ET AUJOURD'HUI (COMME PAR HASARD), TOUT CE QUI BRILLE, LES DENTELLES, LES RUBANS ...
ET SURTOUT LES GARÇONS À L'AURA TRÈS BLEUE, M'ATTIRENT COMME DES AIMANTS
PINK BABY × BLUE BOY

BONNE JOURNÉE
S'IL VOUS PLAÎT !
ALLEZ, LÈVE LA TÊTE, QUE JE VOIS TON JOLI MIN...
OUI ?
LUI, PAR EXEMPLE, IL IRRADIE D'UN BLEU SI PROFOND ...
YÛKIIII ! QU'EST-CE QUE TU FABRIQUES ? ON T'ATTEND !
OUI, J'ARRIVE !
QU'UN SEUL DE CES REGARDS SUFFIT À ENFLAMMER MON IMAGINATION
JE L'AI EU ♥

AAAH !
PURÉE, ON GRILLE ! À QUELLE HEURE ON SE DONNE RENDEZ-VOUS, POUR LE GÔKON* ?
DIX-HUIT HEURES, ÇA VA ?
ET PAS DE RETARD, S'IL VOUS PLAÎT !
YES !
ÇA MARCHE !
* RENCONTRE ORGANISÉE ENTRE FILLES ET GARÇONS, PRÉSENTS EN NOMBRE ÉGAL.
ET... IL Y AURA DES BEAUX MECS ?
AUCUNE IDÉE
On peut toujours espérer !
T'as pas de photos d'eux ?
Non, c'est une surprise ♥
Oooh trop mimi ♥
ÇA VOUS DIT...
D'ALLER BOIRE UN COUP ?
Pour aller au frais !
J'AI DÉCOUVERT UN SALON DE THÉ SUPER SYMPA !
AAAH, QUEL APRÈS-MIDI ♥
ENFIN, NOUS GOÛTONS À LA "FAILLE SPATIO-TEMPORELLE" DES VACANCES D'ÉTÉ
MAIS LE LYCÉE N'EST JAMAIS LOIN... LES RÉSULTATS DES EXAMENS BLANCS D'ENTRÉE À LA FAC SONT LÀ POUR NOUS LE RAPPELER

PERDUE DANS LA FOULE ...
LES CHOIX À FAIRE ...
POUR L'AVENIR ...
SEMBLENT ENCORE PLUS DIFFICILES À FAIRE
IL FAUT DIRE QUE L'ENTRÉE DANS L'ÂGE ADULTE PARAÎT BIEN LOIN ...
QUAND ON A DIX-SEPT ANS ...
...
ET PAS DE PETIT AMI
...
QUAND LES HOMMES PARLENT
DES FILLES QUI LES ATTIRENT
LES VÊTEMENTS PRÉFÉRÉS DE CES MESSIEURS
LES FRINGUES SPÉCIAL RENDEZ-VOUS RÉUSSI !
Fer à friser
...
EH, SISTER !
TU DEVAIS PAS ALLER À UN GÔKON ?
SI
J'y vais, d'ailleurs
C'EST UN GÔKON DE MOCHES, C'EST ÇA ?
VU TA TENUE ... TU T'ATTENDS PAS À GRAND-CHOSE !
AH OUI ? BEN, TU TE TROMPES
Et toc !

* F.C. TOKYO VS REAL MADRID.

** CÉLÈBRE QUARTIER DE LOISIRS DE TOKYO.

JE N'AI PAS TOUT DE SUITE COMPRIS POURQUOI LES GARÇONS SE JETAIENT LITTÉRALEMENT À MES PIEDS ... JUSQU'AU JOUR OÙ J'AI RÉALISÉ QUE TOUT CE QUI LES INTÉRESSAIT, C'ÉTAIT MON PHYSIQUE
J'AVOUE QUE ÇA M'A DÉÇUE ET, SURTOUT, PROFONDÉMENT VEXÉE !
CAR MA "BEAUTÉ" N'AVAIT PAS GRAND-CHOSE DE NATUREL, ET NE REFLÉTAIT PAS CE QUE J'ÉTAIS À L'INTÉRIEUR
Encore aujourd'hui, j'aime bien ces fringues que je portais à l'époque
CECI DIT ...
JE NE SUIS PAS CERTAINE ...
DE SAVOIR QUI JE SUIS RÉELLEMENT
KARAOK
EH !
VOUS SERREZ PAS COMME ÇA, LES FILLES !
ON ALTERNE FILLE GARÇON, O.K. ?
Vous avez déjà commandé ?
Nan, pas encore
SORA ?!!
MENU
MMH ?
HOP
Y A UNE PLACE, ICI
AH, MERCI
ILS ONT L'AIR COOL, NON ?
OUI, C'EST MIEUX POUR ...
L'AMBIANCE

VOILÀ QUE JE RETROUVE MON EX DANS UN GÔKON !!
PAS DE BOL !
Ouh là !
EN PLUS, ON DIRAIT QUE JE SUIS MAL PLACÉE ...
ÉCLIPSONS-NOUS DISCRÈTEMENT
Un petit duo ?
...
OUF, IL NE M'A PAS VUE !
ET SI ON COMMENÇAIT PAR SE PRÉSENTER ♪
PITIÉ, PAS ÇA !!!
TAP
Salut, moi ... ♪
Je m'appelle Yasuo, je ...
O.K., FAITES PASSER LE MICRO PAR ICI !
On s'en fout !
Les filles, s'il vous plaît !
OÙ TU VAS, YÛKI ?
EUH ... AUX TOILETTES
ATTENDS ! TIENS ...
PRENDS LE MICRO
ON EST SORTIS ENSEMBLE, ÇA A DURÉ UN MOMENT. MAIS LA FIDÉLITÉ N'ÉTAIT PAS SON FORT
TANT PIS, JE ME LANCE ...
Ce sera mon ... Euh Coming out
JE M'APPELLE YÛKI, JE SUIS EN TERMINALE AU LYCÉE ...
D'AILLEURS, POURQUOI S'INQUIÉTER ? JE PARIE QU'IL M'A OUBLIÉE, CE ...
...
YÛKI ?!

* SORA SIGNIFIE "CIEL" EN JAPONAIS.

RÉCEMMENT, J'AI EU LE MALHEUR DE DIRE, DEVANT MA PETITE SŒUR, QUE J'AIMERAIS ÊTRE AMOUREUSE. AUSSITÔT, CETTE FILLE TERRIBLEMENT TERRE À TERRE A DÉCLARÉ...
SISTER !
LAISSE TOMBER L'AMOUR POUR L'INSTANT ! CONCENTRE-TOI SUR TES RÉVISIONS POUR LA FAC !
JE SAIS QU'ELLE A RAISON MAIS...
ÇA ME PÈSE DE VOIR DES COUPLES PARTOUT, À LA TÉLÉ, DANS LES LIVRES
D'AILLEURS, COMMENT FONT-ILS, CES GENS QUI ARRIVENT À CONCILIER AMOUR ET TRAVAIL ?
YÛKI OKAMOTO age seventeen
AI age nineteen
sister
SORA age seventeen
LOVELY etc...
MOI, JE N'ASSURE NI D'UN CÔTÉ NI DE L'AUTRE !
EN TOUT CAS, RAS-LE-BOL D'ÊTRE SEULE !
PINK BABY X BLUE BOY

*: PÉRIODE COMPRISE ENTRE LES MOIS DE SEPTEMBRE ET DÉCEMBRE.

ALLER FAIRE UN TOUR AU MAGASIN DE CD !
BONJOUR !
DÉCIDÉMENT, QUEL SOURIRE ♥
HU HU
LE REGARDER ...
SUFFIT AMPLEMENT À MON BONHEUR ♥
ET HOP, UNE PETITE PHOTO ...
CLIC
AH ! BROTHER !
Te voilà !
SALUT
J'AI PRESQUE FINI MA JOURNÉE, TU M'ATTENDS ?
O.K.
JE FAIS UN PETIT TOUR DANS LE MAGA...
AAAAAAAAAAAH

TIENS
SALUT, YÛKI !
ENCORE LUI ?!
CE TYPE DONT J'ÉTAIS FOLLE, À L'ÉPOQUE OÙ JE JOUAIS LES GOURDASSES COQUINES ...
Je ♥ te love♥
Yûki→
IL ME POURSUIT OU QUOI ? C'EST UNE MALÉDICTION ?!
T'AS PAS CHANGÉ DE NUMÉRO DE ...
J'Y PENSE ! IL L'A APPELÉ ... BROTHER ?!
CES DEUX-LÀ SONT FRÈRES ?!
JE T'AI TÉLÉPHONÉ L'AUTRE JOUR, MAIS C'EST UN MEC QUI A DÉCROCHÉ. IL M'A PRIS POUR L'AMANT DE SA NANA ET M'A ENGUEULÉ COMME ...
NAN ? T'EN PINCES POUR MON FRANG...
TAIS-TOI ! TAIS-TOI ! TAIS-TOI !
GRRR
C'EST QUI ? TA COPINE ?
AH, JE TE PRÉSENTE YÛKI ! C'EST ...
ATTENTION À CE QUE TU VAS DIRE, ESPÈCE DE ... DE ...

ADIEU MON OASIS DE BONHEUR
PITIÉ, NON ! JE DOIS À TOUT PRIX LA SAUVER !
MAIS COMMENT ?!
JE ...
JE SUIS LA PETITE AMIE DE SORA ! ENCHANTÉE !!
PARDON ?
AH
EUH ...
MOI DE MÊME ! RAVI DE FAIRE TA CONNAISSANCE !
IIIIH, IL EST "RAVI" DE ME CONNAÎTRE ?!
TOI ...
AI, ON T'ATTEND EN CAISSE
IL ... IL A PRONONCÉ MON NOM !!
PARDON YÛKI, JE DOIS Y RETOURNER
À TOUTE, SORA
AH SORA !
TU VAS BIEN ? ♥
DEPUIS LE TEMPS ...
ÇA ALLAIT NICKEL JUSQU'À CE QUE JE TE RETROUVE ICI ! C'EST QUOI ...
CETTE HISTOIRE D'ÊTRE MA COPINE ?!

ALORS ?
TU ... TU VEUX QU'ON RESSORTE ENSEMBLE ?
SURTOUT PAS !!
NON NON NON NON !
PLUS JAMAIS ÇA !!
O.K., TU AS CRAQUÉ POUR MON GRAND FRÈRE ?
BLUSSSH
JE VOIS. TCHAO
MAIS ...
C'EST UN MALEN-TENDU !!
STOP, ÉCOUTE-MOI !!
ET DEPUIS ...
★★★ DONNÉES OBTENUES ★★★
AI, 19 ANS, GRAND FRÈRE DE SORA, ÉTUDIANT À LA FAC
YÛKI = BRAVOURE ET AI = AMOUR ...
TROP CLASSE ! ON EST NÊS POUR ÊTRE ENSEMBLE !!
TING
OH LA LAAAAAA
TU VIENS TOUS LES JOURS JUSTE POUR LE MATER ? J'ARRIVE PAS À SAVOIR SI C'EST ROMANTIQUE OU TORDU ... SI AU MOINS T'ARRÊTAIS DE PROFITER DE MOI !
T'es pas la seule à réviser !

JE SAIS ...
ÇA CRAINT
D'AILLEURS, JE COMMENCE À ME SENTIR COUPABLE ENVERS TA COPINE ...
Ceci dit, c'est la honte pour moi, de passer pour ta nana ! Vu le salaud que tu es ...
EN FAIT, J'AI PAS DE COPINE ... PAS EN CE MOMENT
BON, TCHAO
HEIN ? ATTENDS, JE TE SUIS
TOUT DE MÊME, JE SUIS ÉTONNÉE QUE TU N'AIES PAS DE PETITE AMIE. COMMENT ...
ÇA SE FAIT ?
J'EN SAIS RIEN. C'EST COMME ÇA, C'EST TOUT
AH, TU VEUX PARLER D'UNE COPINE OFFICIELLE, C'EST ÇA ?
IDIOTE !
QUOI ?! RÉPÈTE ?!
P AM
AÏE !
TU SAIS ...
QUEL CULOT ! COMME SI JE NE LE CONNAISSAIS PAS !
JE ME SUIS CALMÉ, CÔTÉ NANAS. MÊME SI J'AI PAS ENCORE ATTEINT TON NIVEAU DE SAINTETÉ
BON, JE VEUX BIEN JOUER LE RÔLE DE TON MEC JUSQU'AU MOIS PROCHAIN. ÇA TE VA ?

JE FILE
Tu repasses demain au magasin ? Si c'est le cas, envoie-moi un texto
SORA ...
HM ?
MERCI POUR TOUT
BAH. C'EST ... POUR M'EXCUSER DE T'AVOIR FAIT PLEURER, AUTREFOIS
ALLEZ, À PLUS !
OUI, BYE !
C'EST VRAI ...
QUE SON FRÈRE VA BIENTÔT RETOURNER À LA FAC
MOI QUI CROYAIS QUE CETTE MERVEILLEUSE SITUATION DURERAIT TOUJOURS ...
TIENS ?
TU ES SEULE ? OÙ EST SORA ?
AH ! EUH, SALUT !! IL ...
IL VIENT DE PARTIR !!
AH BON ? CE N'EST PAS TRÈS SYMPA DE TE LAISSER RENTRER SEULE SI TARD ...
Désolé, mon petit frère est méchant
NON, NON, ÇA VA ! NE T'EN FAIS PAS !
O.K. !
BON
SOIS PRUDENTE
C'EST CURIEUX ... JE SUIS PARTAGÉE ENTRE L'ENVIE QU'IL SE PASSE DES CHOSES NOUVELLES ...
ET LE DÉSIR ...
QU'AU CONTRAIRE, RIEN NE CHANGE
QUE TOUT RESTE ...
EXACTEMENT ...
À LA MÊME PLACE QU'AUJOURD'HUI

LE REGARDER, SANS LE TOUCHER, SANS MÊME LUI PARLER, C'ÉTAIT PARFAIT
J'AVAIS TROP PEUR, LE CONNAISSANT MIEUX ...
DE DÉCOUVRIR SES DÉFAUTS. IL INCARNAIT TELLEMENT BIEN L'HOMME IDÉAL !
CEPENDANT ...
QUAND ON A COMMENCÉ À SYMPATHISER, LA SITUATION EST DEVENUE ENCORE PLUS AGRÉABLE
ET CHAQUE FOIS QU'IL M'APPELAIT PAR MON PRÉNOM, J'AVAIS DU MAL À RESTER CALME
EN FIN DE COMPTE, J'AVAIS SI PEUR ...
DE MES SENTIMENTS, QUE SON DÉPART M'A SOULAGÉE
PINK BABY X BLUE BOY

À LA FIN ...
DE L'AU-TOMNE ...
AVEC L'APPRO-CHE DU CONCOURS ...
L'AMBIANCE DE LA CLASSE EST DEVENUE TENDUE
ALORS, CET EXAMEN BLANC ?
JE ME SUIS BIEN PLANTÉE !
SI ÇA POUVAIT S'ARRÊTER DEMAIN !
J'en ai ras-le-bol !
MOI, J'AI TELLEMENT HÂTE DE QUITTER LE BAHUT, J'EN PEUX PLUS !
Tu l'as dit !
DÉJÀ UN MOIS QUE LE FRÈRE DE SORA A QUITTÉ TOKYO POUR RETOURNER À SA FAC DE KYÔTO
AI EST PARTI
IL NE M'A RIEN DIT ... MÊME PAS "AU REVOIR"
PARDON ?

AH BON
Adieu, mon oasis ...
REMARQUE, IL N'A PAS À ...
INFORMER LA COPINE DE SON FRÈRE DE SES ALLÉES ET VENUES !
DU COUP, PLUS BESOIN DE JOUER LES AMOUREUX
JE RECONNAIS QUE C'ÉTAIT PLUTÔT MARRANT ...
ET PUIS, ÇA M'A PAS DÉPLU. MERCI, YÛKI
...
C'EST PLUTÔT À MOI ...
DE TE REMERCIER
DEPUIS, UN MOIS A PASSÉ ET JE SUIS SANS NOUVELLES DE SORA
IL FAUDRA ME RENDRE CE POLYCOPIÉ DANS LA SEMAINE
TIENS
MERCI
LA BATAILLE DU CONCOURS D'ENTRÉE M'A RATTRAPÉE
JE NE PENSE PLUS QU'À ÇA, DÉSORMAIS. OU PRESQUE ...
JE ME DEMANDE QUELLE FAC IL VISE ?
CHOIX D'UNIVERS
CLASSE : NOM :
O.K., JE VAIS T'AIDER
JE CROIS QU'IL A PAS DE MEUF. POURQUOI TU LUI DIS PAS CE QUE TU RESSENS ?
PENDANT QUE JE LUI PRENAIS LA TÊTE AVEC MES DÉLIRES ...
IL N'A JAMAIS CESSÉ D'ÊTRE PRÉVENANT
MAIS NON, TU ES BIEN !
EN TOUT CAS, TU AS L'AIR PLUS À L'AISE, HABILLÉE COMME ÇA

TU SAIS, JE ME SUIS CALMÉ, CÔTÉ NANAS ...
QUAND MÊME, J'AURAIS PU LUI POSER DES QUESTIONS SUR LUI, SUR SA VIE ...
ZIUP ZIUP
Son portable
MAIS IL POURRAIT M'ÉCRIRE UN PETIT MOT, AUSSI, NON ? POUR ME DONNER DES NOUVELLES ...
DE SON FRÈRE ... OU DE LUI, TANT QU'À FAIRE !
DEPUIS UN MOIS, IL A DÛ SE TROUVER UNE COPINE
NON, IL FAUT QUE J'ARRÊTE DE DÉLIRER !
TIC TAC
TIC TAC
ET AI, N'EN PARLONS PAS ! DE TOUTE FAÇON, ON NE VIT PAS SUR LA MÊME PLANÈTE
TIC TAC
IL EST TEMPS DE GRANDIR !
Les délices de la vie étudiante

BVVVVVV
SAP
From: SORA
"SALUT. TU ES DISPO, LÀ ?"
APRÈS UN MOIS DE SILENCE, IL POURRAIT SE MONTRER PLUS AIMABLE !
Demander si ça va, par exemple...
BOF, JE DOIS ÊTRE TROP EXIGEANTE...
PFFF
TIC TIC TIC
"PAS TELLEMENT, DE QUOI S'AGIT-IL ?"
"JE PEUX T'APPELER ?"
"OUI"
EH BEN, IL N'A PAS TRAÎNÉ ! MAIS...
CE N'EST PAS SON NUMÉRO...
ALLÔ ?
BONSOIR !
CETTE VOIX... ON DIRAIT CELLE DE SORA, ET POURTANT...
SI ÇA SE TROUVE...
C'EST... AI ?!

OUI, C'EST MOI
ALORS, YÛKI, QUE DEVIENS-TU ? DEPUIS LE TEMPS…
IIIIH ! IL M'A APPELÉE ?!!
EUH… OUI, ÇA FAIT DES SIÈCLES !!
SHAF
C'EST DINGUE… QUE TU M'APPELLES !!
TU PÈTES LA FORME, DIS DONC !
OUPS ! DU CALME, COCOTTE…
EXCUSE-MOI DE TE DÉRANGER
VOILÀ, J'AI UN PETIT SERVICE À TE DE-MANDER
AH OUI ?!
Ai !
Chut ! Je suis en ligne
PARDON…
JE T'EN PRIE
DONC…
IL Y A UNE FEMME AVEC LUI… SA COPINE ? OU JUSTE UNE AMIE ?
TU DESSINES, SI JE ME SOUVIENS BIEN ?
J'AURAIS BESOIN D'UN COUP DE MAIN. J'AIMERAIS T'ENVOYER…
DES EXEMPLES D'IMAGES, CE SERA PLUS PARLANT. TU AS UN ORDINATEUR ?
EUH… N… NON
AH… DANS CE CAS, JE LES ENVOIE À SORA. TU POURRAS LES RÉCUPÉ-RER AUPRÈS DE LUI ?

BIEN SÛR, IL CROIT TOUJOURS QU'ON SORT ENSEMBLE
EUH ... AI ...
ÇA TE DÉRANGE DE ... ME DONNER TON MAIL DE PORTABLE ?
SI JE VEUX ... EUH ...
TE PARLER ... DE SORA, PAR EXEMPLE ...
EUH ...
...
PUISQUE LA COMMUNICATION EST ÉTABLIE ...
PAS DE PROBLÈME
AUTANT NE PAS LÂCHER L'AFFAIRE !
TIENS
DE LA PART D'AI
J'AI AUSSI IMPRIMÉ SON MESSAGE, AU CAS OÙ
MERCI BIEN !
AU FAIT ...
TU SAIS S'IL A UNE COPINE ?
JE DIRAIS ... PLUTÔT NON

O.K., COOL
C'ÉTAIT DONC JUSTE UNE AMIE ...
...
À PLUS, SORA !
YÛKI ...
OUI ?
TU PEUX M'APPELER ...
TU SAIS
SI TU VEUX PARLER DE MON FRÈRE ...
...
J'Y PENSERAI !! MERCI, TU ES UN ANGE !!
...
BYE
OUI, À LA PROCHAINE
QUI AURAIT CRU QU'UN JOUR ...
ON SERAIT DEVENUS AUSSI COMPLICES, TOUS LES DEUX ?
PAS MOI, EN TOUT CAS !

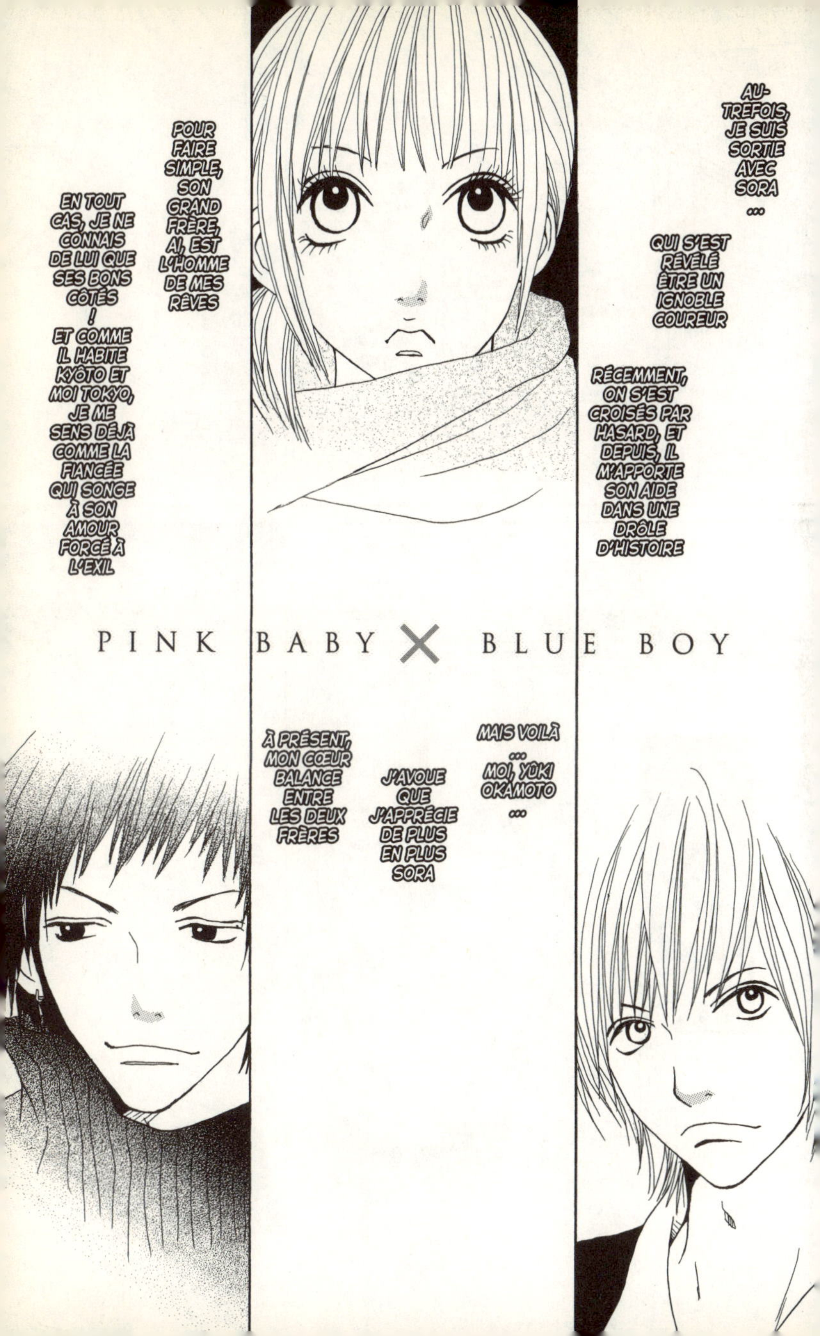
AUTREFOIS, JE SUIS SORTIE AVEC SORA ...
QUI S'EST RÉVÉLÉ ÊTRE UN IGNOBLE COUREUR
RÉCEMMENT, ON S'EST CROISÉS PAR HASARD, ET DEPUIS, IL M'APPORTE SON AIDE DANS UNE DRÔLE D'HISTOIRE
POUR FAIRE SIMPLE, SON GRAND FRÈRE, AI, EST L'HOMME DE MES RÊVES
EN TOUT CAS, JE NE CONNAIS DE LUI QUE SES BONS CÔTÉS !
ET COMME IL HABITE KYÔTO ET MOI TOKYO, JE ME SENS DÉJÀ COMME LA FIANCÉE QUI SONGE À SON AMOUR FORCÉ À L'EXIL
PINK BABY × BLUE BOY
MAIS VOILÀ ... MOI, YÛKI OKAMOTO ...
J'AVOUE QUE J'APPRÉCIE DE PLUS EN PLUS SORA
À PRÉSENT, MON CŒUR BALANCE ENTRE LES DEUX FRÈRES

* CERTAINES UNIVERSITÉS ACCEPTENT LES ÉLÈVES DÈS LA PREMIÈRE SESSION D'EXAMENS, TANDIS QUE D'AUTRES ATTENDENT LES RÉSULTATS DE LA SECONDE SESSION.

FINI !
ADMIRE UN PEU, SISTER !
FFH
JE SUIS DEVENUE UNE MACHINE À RÉVISER
Work machine
BIG CONCENTRATION
BIP
"TU FAIS QUOI LE 24 DÉCEMBRE ?"

ARGL
DAMNED !
JE ME SUIS VRAIMENT LAISSÉE ALLER !
MA PEAU... ELLE EST TOUTE SÈCHE !
ET JE N'AI...
RIEN À ME METTRE DE CORRECT !!
JE SUIS FOUTUE...
À part la robe de chambre offerte par mémé...
TOF TOF
TOF TOF
TOF TOF
SISTER...
ARRÊTE DE TE MONTER LE BOURRICHON ET CONTINUE À BOSSER !
C'EST CE QUE JE FAIS !
Opération coloration
TOF TOF
TOUT DE MÊME, TU AS VU MA TRONCHE ?
On dirait un zombie
VOYONS...
J'AI LE JOLI SAC À MAIN OFFERT PAR MAMAN
AH, MAIS...
J'AI COURS DE SOUTIEN, LA VEILLE. DU COUP, PAS LE TEMPS DE ME PRÉPARER...
ET SI JE ME METTAIS DU VERNIS À ONGLES ?
STOP !
CONCENTRE-TOI !!
GNN

MAIS POURQUOI JE ME PRENDS LA TÊTE ? JE SORS JUSTE AVEC SORA !
C'EST FACILE POUR TOI ...
TU ES DÉJÀ ADMIS À L'ÉCOLE D'ENSEIGNEMENT TECHNIQUE ! POUR MOI, PAR CONTRE, CE N'EST PAS GAGNÉ !
AU LIEU DE FÊTER NOËL, JE DEVRAIS ÊTRE EN PLEINES RÉVISIONS ...
OUI, MA PAUVRE ...
PFRR
QUOI ?
Il est au courant
Elle adore les jours de fête
NON, RIEN
C'EST CURIEUX QUE TU TE SOIS PAS HABILLÉE PLUS SEXY POUR LES FÊTES ...
PAR-DON ?
BEN OUI ...
C'EST L'OCCASION DE METTRE DES MACHINS PLEIN DE FROUFROUS, NON ?
PAS ENVIE
JE NE VEUX PAS REJOUER LES PÉTASSES
Adieu frou-frous
MAIS, CE JOLI TRUC, LÀ ...
ÇA TE TENTE PAS ?
OH ...
C'EST SI ...
NON, IL FAUT ÊTRE PETITE, DE TAILLE, POUR PORTER ÇA
AH OUAIS ?
MOI, JE TROUVE QUE ÇA IRAIT PLUTÔT À UNE GRANDE

JE SUIS À LA BOURRE ...
REMARQUE, POUR LE NOMBRE DE FOIS OÙ IL M'A FAIT ATTENDRE ...
ON VOIT QUE C'EST LE SOIR DE NOËL ...
IL Y A DES COUPLES PARTOUT !

AH !
ENFIN TE VOILÀ !
T'es en retard
EUH ... DÉSOLÉE
IL EST ARRIVÉ À L'HEURE, LUI ?!
J'AI RÉSERVÉ UNE TABLE AU RESTO, ON Y VA ?
HEIN ?! MAIS POURQUOI ?
POUR ÊTRE SÛR D'AVOIR DE LA PLACE, TIENS ! C'EST TOUJOURS BLINDÉ, CE JOUR-LÀ !
HMM ... ALORS C'ÉTAIT JUSTE POUR DES RAISONS PRATIQUES ...
UNE SECONDE, J'AI CRU ...
QU'ON ÉTAIT UN COUPLE D'AMOUREUX
TIENS, MON FRÈRE REVIENT LA SEMAINE PROCHAINE
IL VA REBOSSER AU MAGASIN
AH OUI ?
Génial
AI ... JE ME DEMANDE AVEC QUI ...
TU PASSES LA SOIRÉE
OUAAAAH !

COMME C'EST BEAU, TOUTES CES LUMIÈRES !
C'EST EXCITANT, TU NE TROUVES PAS ?
Ces couleurs qui scintillent !
...
OH ...
QUAND SA MAIN A PRIS LA MIENNE, J'AI TROUVÉ SA PAUME PLUS GRANDE QU'AVANT
IL NEIGE
À TON AVIS, ELLE VA FONDRE OU PAS ?
LÀ, SOUS LA NEIGE, ON A CONTINUÉ À DISCUTER ...
COMME SI DE RIEN N'ÉTAIT

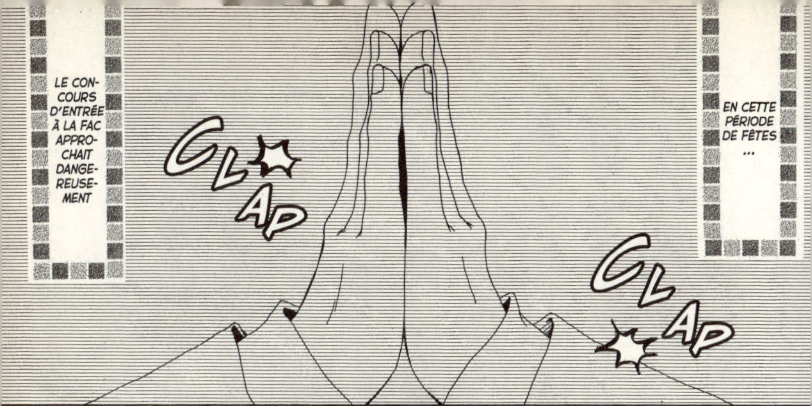

* PRIÈRE TYPIQUE D'UN TEMPLE SHINTO.

** IL S'AGIT DU PÈLERINAGE DE DÉBUT D'ANNÉE, CE QUI EXPLIQUE L'AFFLUENCE DANS LES TEMPLES, CES JOURS-LÀ.

PINK BABY X BLUE BOY

"S'IL VOUS PLAÎT, PERMETTEZ-MOI DE VIVRE UNE BELLE HISTOIRE D'AMOUR"
Que mes filles soient en bonne santé !
JE VOUS PROMETS D'ÉVOLUER !
JE SUIS SINCÈRE ! EXAUCEZ MES PRIÈRES, S'IL VOUS PLAÎT !!
"ET FAITES AUSSI QUE JE RÉUSSISSE LE CONCOURS"
Que je gagne plein de fric, s'il vous plaît !
ET PUIS, SI JE POUVAIS TOUJOURS RESTER AMIE...
AVEC SORA...
Allez, Go !
Tu t'inclines une fois à la fin ! Parfait !
NAN, LÀ, JE BLAGUE !
NON MAIS !

SALUT, YÛKI
AI ! BONJOUR !!
Ça va ? TU REVIENS DE TON COURS DE SOUTIEN ?
OUI
ET SORA ? IL N'EST PAS AVEC TOI ?
EUH ... IL AVAIT ... UN TRUC À FAIRE
IL M'A DIT QUE TU RETOURNAIS À KYÔTO DEMAIN, ALORS, JE VENAIS JUSTE TE FAIRE UN PETIT COUCOU ...
C'EST VRAI QUE C'EST UN PEU LOUCHE DE PASSER LE VOIR TOUTE SEULE
POF
THANK YOU !
JE VAIS PRENDRE MA PAUSE DÉJEUNER
TU VEUX QU'ON MANGE ENSEMBLE ?
IL ... IL M'A TOUCHÉE, LÀ ?!!
AHHH

PARDON ?
MANGER ENSEMBLE ? LUI ET MOI ? EN TÊTE À TÊTE ?!
BOM BOM
BEN ...
TU SAIS, COMME ON PREND NOTRE PAUSE À TOUR DE RÔLE, JE MANGE TOUJOURS TOUT SEUL
MAIS JE COMPRENDS QUE TU N'AIES PAS LE TEMPS, AVEC TES RÉVISIONS ET ...
JE ... NON ... MAIS ...
POURQUOI JE STRESSE COMME ÇA ?! GARDE TON CALME, MA VIEILLE, ET SURTOUT, SOURIS ...
PAS DE SOUCI, CE SERA AVEC PLAISIR ! DE TOUTE FAÇON, PERSONNE NE M'ATTEND POUR DÉJEUNER, À LA MAISON ...
Et moi, alors ?!
HUM, LES NOUILLES, CE N'EST PAS IDÉAL QUAND ON EST NERVEUX !
J'AURAIS DÛ PRENDRE DU RIZ !
TU COMPTES FAIRE LES BEAUX-ARTS, C'EST ÇA ?
EUH ... OUI
TU AS DÉJÀ DES IDÉES, POUR APRÈS LA FAC ?
EUH ... APRÈS ? HUM ...

EN FAIT, J'AI UN PEU DE MAL À FAIRE DES PROJETS POUR L'AVENIR ...
HA HA ... JE SAIS, CE N'EST PAS TRÈS SÉRIEUX, HUM
C'EST MÊME CARRÉMENT NUL ...
ZUT, JE SUIS EN TRAIN DE PERDRE LES PÉDALES !
MOI QUI VOULAIS LUI FAIRE BONNE IMPRESSION ...
... TU VEUX UN CONSEIL ?
NE TE ... PRENDS PAS TROP LA TÊTE. LES GENS DISENT SOUVENT QU'IL FAUT ABSOLUMENT AVOIR UN RÊVE
MAIS FINALEMENT, C'EST À CHACUN DE DÉCIDER, TU NE CROIS PAS ?
EN PLUS, TOUT LE MONDE N'A PAS LES MÊMES ASPIRATIONS. CERTAINS SONT TRÈS PRAGMATIQUES, D'AUTRES MOINS
MÊME ...
UNE VAGUE IDÉE, UNE ENVIE PAS TRÈS PRÉCISE, SUFFISENT POUR NOUS FAIRE AVANCER
Hum, ce n'était pas très clair, comme explication !
UNE VAGUE IDÉE ... JE PENSE EN AVOIR QUELQUES-UNES EN RÉSERVE
EN TOUT CAS ...
J'AIMERAIS RÉALISER QUELQUE CHOSE

OUI, J'AIMERAIS GRANDIR ...
POUR FAIRE QUELQUE CHOSE DE MA VIE
BON ...
JE DOIS RETOURNER AU BOU...
AH !
OUI ?
TU ... TU REPASSES QUAND, SUR TOKYO ?
PAS AVANT LES VACANCES DE PRINTEMPS
ÇA NE VA PAS ?
SI, SI ...
JE NE PEUX PAS LUI DIRE QU'IL VA ME MANQUER ...
CE SERAIT TROP DIRECT
DONNE ... DONNE-MOI ÇA S'IL TE PLAÎT !!
HEIN ?
CE BRACEL...
OUI !
EUH ...
OU PRÊTE-LE-MOI !! JE LE TROUVE ...
SUPER CHIC ET ... JE SUIS SÛRE QU'IL ME PORTERA CHANCE ...
POUR LE CONCOURS ! S'IL TE PLAÎT, J'AIMERAIS ...
LE GARDER ...
RGNAA GNAA
COMME PORTE-BONHEUR
NON MAIS, QUELLE NUNUCHE !!

TIENS
YÛKI ...
Elle l'a mis
UN MOMENT J'AI CRU QUE JE TE PLAISAIS. MAINTENANT, JE SAIS POURQUOI TU N'AR-RÊTAIS PAS DE ME REGARDER !
QUOI, QUOI, QUOI ?
ALLEZ
BON COURAGE POUR LE CONCOURS !
MERCI, AI !! JE VAIS FAIRE DE MON MIEUX, PROMIS !!
EN TERMINALE, AU TROISIÈME TRIMESTRE ...
LES CLASSES SONT À MOITIÉ DÉSERTES. FORCÉMENT, TOUT LE MONDE PASSE SES EXAMENS D'ENTRÉE À L'UNI-VERSITÉ

ÇA A ÉTÉ, TA PREMIÈRE SESSION ?
JE CROIS, MAIS DE JUSTESSE
C'était ric-rac
C'EST BIENTÔT, L'ÉPREUVE DE DESSIN ?
OUAIS
Je flippe
APRÈS LE CONCOURS, ON PRENDRA DES CHEMINS DIFFÉRENTS
EH OUI ...
ON SE REVERRA DE TEMPS EN TEMPS, QUAND MÊME ?
PROMIS, LES FILLES ?
TOUT LE MONDE CRAINT LE JOUR DES RÉSULTATS
MAIS C'EST AUSSI ...
REÇU : SORA
JE CROISE LES DOIGTS ! COURAGE !
LE MOMENT OÙ TOUS LES ESPOIRS SONT PERMIS
MOI AUSSI ...
J'ESPÈRE DE TOUT MON CŒUR

PINK BABY × BLUE BOY

C'EST PAS TES OIGNONS
DÉGAGE !
MAIS ?!
TU FAIS FONDRE ... DU CHOCOLAT ?!
T'AS UN COPAIN, ALORS ? BRAVO, SISTER !
GOOD NEWS !
Ça a marché, tes prières !
TU TE GOURES, C'EST POUR DES AMIS
UNE MINUTE ! TU COMPTES OFFRIR UN GÂTEAU FAIT MAISON ...
À UN TYPE QUI EST PAS TON COPAIN ?!
IL VA FLIPPER !
ÇA CRAINT !
FAIS PAS ÇA !
T'IMAGINES ?
IL VA CROIRE QUE TU VEUX L'ÉPOUSER !!
TU VAS LA BOUCLER, OUI ?!
ÇA M'OCCUPE, EN ATTENDANT LES RÉSULTATS, PIGÉ ?!
ET PUIS D'ABORD, MAINTENANT QUE LES EXAMS SONT FINIS, J'AI BIEN LE DROIT DE PROFITER DE MON TEMPS COMME JE VEUX !! ALORS VA JOUER AILLEURS !!
FLOF FLOF
FLOF
DE TOUTE FAÇON, SORA PRÉFÈRE LES GÂTEAUX FAITS MAIS...
SORA ? ATTENDS ... TU CUISINES POUR TON EX ?!
C'EST CHELOU ...
C'EST JUSTE UN AMI !
TOI AUSSI, TU OFFRES BIEN DES CHOCOLATS AUX TIENS ?
Et comme tu en as des centaines ...
BEN NON
OU DU MOINS, CHEZ MES POTES, JE FAIS PAS DE DISTINCTION ENTRE MECS ET NANAS
MAIS IL Y EN A BIEN UN QUI TE PLAÎT ?
Dans ton harem ...
SISTER ...

SINCÈREMENT, LAISSE TOMBER LES *LOVE STORY*
C'EST POURTANT DE SAISON ...
MMH, COMME ÇA DÉCHIRE !
TON GÂTEAU, ON DIRAIT UN VRAI ! UN MEC CROIRAIT JAMAIS QU'IL VIENT PAS D'UNE PÂTISSERIE !! ÇA VA METTRE LA PRESSION À SORA ...
CRONCH
CRONCH
CRONCH
ET HOP, UNE VACHERIE EN PASSANT
T'es pas motivante
SORAAA !
J'AI UN CADEAU POUR TOI
TIENS !
STEUPLÉ
BYE BYE !
OUIII
YOUPI
EUH ... C'EST UNE DÉCLARATION ?
MAIS NON, ELLE EN FILE SÛREMENT À TOUS SES POTES
DANS CE CAS, C'EST TROP NUL !
TU PEUX TE LE GARDER, TON CADEAU, VA !
Ça veut plus rien dire !
POURQUOI ?
MOI, ÇA ME FAIT TOUJOURS PLAISIR
BVVVVV

"TU ES DISPO, AUJOURD'HUI ?"
TIENS, C'EST POUR TOI
...
EUH ... T'INQUIÈTE, IL N'Y A PAS DE MESSAGE CACHÉ !
COMME J'EN AI TROP FAIT, J'EN DIS-TRIBUE À MES AMIS, C'EST TOUT
AH, O.K.
THANK YOU !
C'EST POUR ÇA QUE TU VOULAIS ME VOIR ?
HEIN ? EUH, OUI ...
MERCI !
BON, À PLUS
OUI
À ... LA PRO-CHAINE
NON, ATTENDS, JE ... EUH ... STOP !
CHOP

EH …
ON N'EST PLUS UN COUPLE, JE TE SIGNALE. ALORS PAS TOUCHE
OH ÇA VA ! J'AI PAS LA GALE !
SAP
C'EST POURTANT LUI QUI M'A PRIS LA MAIN, L'AUTRE FOIS …
DONC …
QU'EST-CE QUE TU AVAIS À ME DIRE ?
AH … OUI
CE PETIT PAQUET, LÀ
C'EST POUR AI
ET ALORS ?
J'EN FAIS QUOI, MOI ?
EH BIEN …
MOI, JE N'AI PAS TROP DE RAISONS DE LUI EXPÉDIER PAR COURRIER …
ALORS SI TU POUVAIS LE METTRE AVEC D'AUTRES BRICOLES QUE TA FAMILLE COMPTE LUI ENVOYER …
OU SINON, JETTE-LE, TANT PIS
AH LÀ LÀ

ÉCOUTE, SI TU TIENS À LUI À CE POINT, DONNE-LE-LUI TOI-MÊME ! UN PEU DE COURAGE, POUR CHANGER !
HUM, TOUT MON ARGENT DU NOUVEL AN VA Y PASSER ...
POUR LE TRAJET TOKYO-KYÔTO ...
IL FAUT COMPTER MINIMUM DEUX HEURES ET DEMIE
Elle utilise l'ordinateur de son papa
MAIS EN PARTANT TÔT LE MATIN, JE PEUX ÊTRE REVENUE LE SOIR
J'Y VAIS !
TU ES SÛRE DE TOI ?
OUI

O.K., COMME TU VEUX
JE PARIE QUE TU VAS LE FAIRE FLIPPER !
MAIS NON, ENFIN
PASSE DONC ME VOIR, À L'OCCASION
JE T'ASSURE QU'IL M'A DIT ÇA !
C'ÉTAIT JUSTE UNE FAÇON DE PARLER !
HA, HA t'es trop bête !
ON VERRA BIEN. À CE SOIR !
J'AI UN PEU HONTE D'AVOIR MÊLÉ SORA À CETTE HISTOIRE
VIVEMENT LA FIN DU LYCÉE, QUE JE PUISSE ENFIN TOURNER LA PAGE
C'EST LE MOMENT OU JAMAIS D'ARRÊTER TOUTE CETTE COMÉDIE
JE VAIS AVOUER LA VÉRITÉ À AI ...
ET SORA ET MOI, ON RESTERA BONS AMIS
CHAMBRE 203
C'EST LÀ
GLOUP
ET SI JE REPASSAIS PLUS TARD ?
IL EST PEUT-ÊTRE EN COURS ?
Ou il dort ?
S'IL EST LÀ, IL VA SANS DOUTE ME PROPOSER DE DÉJEUNER AVEC LUI
JE ME LANCE
Un, deux, trois ...
DING DONG

CLAC
ÇA Y EST, IL EST LÀ ...
DEVANT MOI !
VISIBLEMENT, IL VIENT DE SE RÉVEILLER ...
COMME IL EST CRAQUANT, AVEC SES PETITS YEUX ENSOMMEILLÉS !
DÉSOLÉE DE DÉBARQUER SANS PRÉVENIR ...
ÇA DOIT TE FOUTRE LES JETONS ! EN FAIT, JE VOULAIS TE DONNER ...
ENFIN ...
CE PETIT CADEAU
JE SAIS, C'EST UN PEU BIZARRE, LE LENDEMAIN DE LA SAINT-VALENTIN ...
MAIS TANT PIS, VOILÀ !
TU AS DEUX MINUTES ?
À MOINS QUE TU PARTES À LA FAC ?
JE N'EN AI PAS POUR LONGTEMPS ...
JUSTE TE DIRE QUE ...
?!

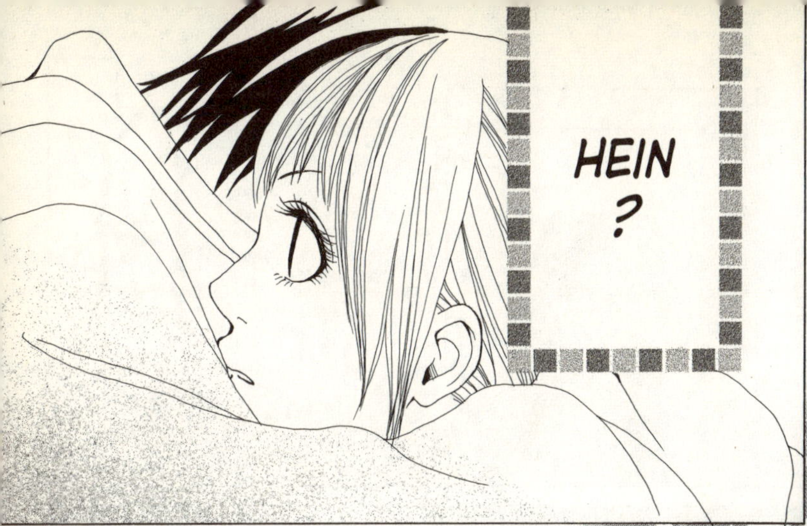

PINK BABY × BLUE BOY

À MOINS QUE CE SOIT ...
LA CHANCE DE MA VIE ?!
JE LE TIENS DANS MES BRAS !!
S'IL VOUS PLAÎT, QUELQU'UN, PRENEZ-MOI EN PHOTO, VITE !!
AAAAH
AAAAAH
IIIIIH
STOP ! REPRENDS TES ESPRITS, MA FILLE ... TU AS UN AVEU À LUI FAIRE
(LA VÉRITÉ AVANT TOUT)
PUSH
ENFIN, AI ...
QU'EST-CE QUI TE PREND ?
...
EXCUSE-MOI
JE NE SUIS PAS DANS MON ASSIETTE EN CE MOMENT
J'AI TENDANCE À DÉCONNER
NE DIS RIEN ...
À SORA, O.K. ? S'IL TE PLAÎT ...
IL A DES PROBLÈMES ?
EN TOUT CAS, MERCI POUR LE CADEAU

YÛKI, TU ÉTAIS EN VISITE À KYÔTO ?
BEN...
EUH...
LÀ, C'EST QUITTE OU DOUBLE, COCOTTE...
EN FAIT...
JE SUIS...
VENUE À KYÔTO...
POUR TE VOIR
ÇA Y EST, JE L'AI DIT !!!
PARDON ?
TU AS FAIT TOUT CE CHEMIN JUSTE POUR ME VOIR ?
IL A L'AIR... CONTRARIÉ
MINCE...
ENFIN...
JE SUIS VENUE AVEC DES COPINES, FÊTER LA FIN DU LYCÉE
ALORS J'EN AI...
PROFITÉ POUR TE FAIRE UN PETIT COUCOU

AH, JE COMPRENDS MIEUX
C'EST GENTIL D'AVOIR PENSÉ À MOI. ÇA FAIT PLAISIR
APPAREMMENT, IL M'APPRÉCIE BIEN, DU MOMENT QUE JE GARDE MES DISTANCES AVEC LUI ...
ENCORE DÉSOLÉ POUR TOUT À L'HEURE. EN FAIT ...
JE VIENS DE ME FAIRE LARGUER PAR MA COPINE
ALORS, JE DÉPRIME UN PEU, TU VOIS ?
PAS DE DOUTE, JE SUIS BIEN DANS UNE CHAMBRE DE GARÇON
TU TE RAPPELLES ? UN JOUR, TU M'AS DIT QUE J'ÉTAIS HYPER-COURAGEUX
J'AVOUE QUE ÇA M'AVAIT MIS MAL À L'AISE ...
PARCE QUE JE ME SENS TOUT, SAUF COURAGEUX
MAIS ... C'EST DÉLICIEUX ! C'EST VRAIMENT TOI QUI L'AS FAIT ?
GAGNÉ !
OUF
...
BREF ... AU LYCÉE, J'ÉTAIS BON EN ATHLÉTISME
ÇA M'A PERMIS D'ÊTRE ACCEPTÉ EN FAC SUR DOSSIER, SANS MÊME PASSER DE CONCOURS

MAIS À LA FIN DE LA TERMINALE, J'AI FORCÉ, COMME UN CON ... ET JE ME SUIS BLESSÉ
MOI QUI ...
RÊVAIS DE DEVENIR UN CHAMPION !
CE JOUR-LÀ, MON RÊVE S'EST ÉCROULÉ
JE N'AI PLUS EU GOÛT À RIEN
FINALEMENT, J'AI QUITTÉ TOKYO ...
POUR DÉBARQUER DANS UN ENDROIT OÙ PERSONNE NE ME CON-NAISSAIT
C'EST POUR CETTE RAISON QU'IL EST EN FAC À KYÔTO ?
MAINTENANT, JE ME SENS PLUS ZEN ...
PAR RAPPORT À TOUT ÇA. PAR CONTRE, J'AIMERAIS QUE TU CESSES DE M'IDÉALISER ... ET DE ME VOIR COMME UN MEC PARFAIT
HM ?
UNE MINUTE ! COMMENT IL SAIT QUE JE L'IDÉALISE ?
EST-CE QUE, PAR HASARD, IL AURAIT DE-VINÉ MES ...
CLAC
AH ...
LA PORTE ...
IL Y A QUEL-QU'UN ?

QUI C'EST ?
CLAP
OUPS
C'ÉTAIT SA COPINE ?!
AI ... TU DEVRAIS LA RATTRAPER, NON ?!
POURQUOI ? C'EST FINI ENTRE NOUS
ATTENDS !
ELLE VA CROIRE QUE TOI ET MOI ...
SI ELLE EST REVENUE, C'EST BIEN PARCE QU'ELLE AVAIT QUELQUE CHOSE À TE DIRE ?!
JE SUIS SÛRE ... QUE CE N'EST PAS FINI !
...
ET SI ...
“JE VIENS DE ME FAIRE LARGUER”
ÉCOUTE, JE VEUX BIEN CROIRE QUE JE T'IDÉALISE À MORT, MAIS JE RESTE PERSUADÉE QUE TU ES QUELQU'UN DE COURAGEUX !
DU MOINS, C'EST L'OCCASION DE LE PROUVER, NON ?!

O.K., PIGÉ
TOF
CLAP
IL Y AURA TOUJOURS CETTE DISTANCE ENTRE NOUS
L'IM-PORTANT, C'EST QUE SON VRAI VISAGE NE M'AIT PAS DÉÇUE ...
ET SURTOUT, JE SUIS HEUREUSE D'AVOIR CRAQUÉ SUR QUELQU'UN DE BIEN, POUR UNE FOIS !
TIENS, SALUT !

QU'EST-CE QUE TU FICHES ICI ?!
J'AI REÇU UN MAIL DE TA PETITE SŒUR ...
MIKI ! LA GARCE !
JE ME SUIS DIT QU'IL VALAIT MIEUX QUE JE VIENNE TE CONSOLER, APRÈS LE VENT QUE TU ALLAIS TE PRENDRE ...
QUEL VENT ?! MAIS PAS DU TOUT !! ET PUIS, JE N'ÉTAIS PAS VENUE LUI FAIRE UNE DÉCLARATION !!
AH OUI ?
UNE FOIS DE PLUS, TON FRÈRE A ÉTÉ ADORABLE
JE NE REGRETTE PAS CE PETIT VOYAGE !
TANT MIEUX
OH OH, LE VOILÀ TOUT TRISTOUNE ! IL EST JALOUX ?!
PFRR
BEN QUOI ?
J'AI L'IMPRESSION ...
D'AVOIR PROGRESSÉ, CÔTÉ GARÇONS. CECI DIT ...
SE TROUVER UN AMOUREUX ...
CE N'EST PAS LE PRINCIPAL. IL FAUDRAIT D'ABORD QUE JE ME TROUVE, MOI

卒業式*
CHERS ÉLÈVES, CE SONT DE BIEN BELLES ANNÉES QUE NOUS AVONS PASSÉES ENSEMBLE. SACHEZ QUE JE SUIS FIER ...
* CÉRÉMONIE DE REMISE DES DIPLÔMES.
OOOOUIIIN !
LA VACHE, ELLE PLEURE POUR DE VRAI !
Et toi, alors ? T'as vu ta tête ? T'es toute rouge !
DE LES AVOIR PARTAGÉES AVEC VOUS !
Ben ouais, je suis émue, et alors ?
ET C'EST LE CŒUR GROS QUE JE VOUS DIS ...
PINK BABY × BLUE BOY
ET VOILÀ ...

ADIEU, LYCÉE CHÉRI ! JE TE QUITTE, ALORS QU'AUCUN HOMME NE M'ATTEND POUR ME CONSOLER ...
YÛKIII !!
TAP TAP TAP TAP TAP
LES COPAINS ORGANISENT UNE FÊTE D'ADIEU. SI TU POUVAIS COCHER LES JOURS QUI TE CONVIENNENT ...
D'ACC'
Tiens ?
OÙ EST PASSÉE MINA ?
REGARDE !
ON LUI FAIT UNE DÉCLARATION D'AMOUR !!
OUAH
PURÉE, ELLE EN A DE LA CHANCE !
Moi, aucun mec m'a draguée !
EH LES FILLES ! ON FAIT UNE PHOTO SOUVENIR !
Venez !
ON ARRIVE !
Ici
HA HA HA HA
Asseyez-vous
EN CE MOIS DE MARS ...
J'ÉTAIS ÉVIDEMMENT ÉMUE DE QUITTER LE LYCÉE ...
MAIS SURTOUT, JE BRÛLAIS D'IMPATIENCE D'AVOIR MES RÉSULTATS AU CONCOURS
CLIC

EUH ... ALORS ?
BEN ... DEUX SECON-DES
AIDE OUTILS
FAVORIS RECHERCHE
LISTE DES ADMI
TU ES SUR LA LISTE !!
OUAAAAIS, JE L'AI EU !!
C'EST GÉ-NIAAAL !!
LA VACHE, C'EST PAS CROYABLE !! AVEC ÇA, S'IL SE MET PAS À NEIGER !!
OH ... IL NEIGE ...
TRÈS DRÔLE ...
Je vais rentrer le linge !
REÇU
AI
OBJET
FÉLICITATIONS !
AH, C'EST ELLE
ALORS TOUT S'EST ARRANGÉ ENTRE EUX ... TANT MIEUX !

JE SUIS HEUREUSE POUR TOI, AI
DIS, MIKI ...
CETTE ROBE-LÀ, TU EN PENSES QUOI ?
DU BIEN !
CETTE NANA, LÀ, A UNE AURA VERTE
ET L'AUTRE ME FAIT PENSER À LA COULEUR ROUGE
OH, UN COUPLE DE ROSE ET BLEU !
LES VEINARDS ...
SALUT !

AH, TE VOILÀ !
PARDON
Je t'ai fait attendre
TU T'EXCUSES D'ÊTRE EN RETARD ? BRAVO, TU ES DEVENU UN GRAND GARÇON !
OH, ÇA VA
CECI DIT, TU AS ENCORE DES PROGRÈS À FAIRE
...
SI J'AI BIEN SUIVI, ON FÊTE MA RÉUSSITE CE SOIR ?
TU M'INVITES OÙ ?
YÛKI ...
OUI ?
J'AIMERAIS ... QU'ON SE REMETTE ENSEMBLE
...
J'ATTENDAIS TES RÉSULTATS POUR T'EN PARLER
J'AIME ÊTRE AVEC TOI ET ...
J'AI ENVIE DE CONTINUER À TE VOIR
ET TOI ? TU EN PENSES QUOI ?
JE M'ATTENDAIS À CE QUE ÇA FINISSE AINSI
JE SUIS CERTAINE QUE CETTE FOIS, ÇA SE PASSERA BIEN ENTRE NOUS
EH BIEN ... POURQUOI PAS ?

NOTRE HISTOIRE SERA DIFFÉRENTE
JE SUIS D'ACCORD POUR QU'ON SE VOIT
SUPER ! JE ...
MAIS !
PAS FORCÉMENT COMME UN COUPLE ...
EN FAIT, JE PRÉFÉRERAIS QU'ON RESTE AMIS

MA PAUVRE, SOIS PAS SI GÊNÉE !
PAF
O.K. POUR ÊTRE POTES
MAIS SI TU TE TROUVES UN MEC À LA FAC, TU ME LE DIRAS, PROMIS ?
ALLEZ, ON BOUGE
SORA !!
DEPUIS QUELQUE TEMPS, JE REMETS DES HABITS SEXY MAIS DANS LESQUELS JE NE ME SENS PAS DÉGUISÉE
DES VÊ-TEMENTS QUE J'AIME ET DANS LESQUELS JE SUIS À L'AISE
JE NE SUIS PLUS PRESSÉE DE TOMBER AMOUREUSE
JE RECONNAIS QUE JE BAVE UN PEU DEVANT LES COUPLES, MAIS BON ...
JE SUIS CONTENTE ...
DE TE CONNAÎ-TRE
JE NE ME CACHE PLUS DERRIÈRE LES APPARENCES
J'ESPÈRE BIEN !

Pink baby X Blue boy - Fin

Courrier des lecteurs : êtes-vous COMME ELLES ?

Chères lectrices, chers lecteurs,

Pour ce septième volume de *Comme elles*, nous n'avons pas eu la place nécessaire pour inclure vos courriers. Mais le tome 8 nous permettra de le faire.
Continuez donc à nous envoyer vos témoignages sur ce qui vous touche par rapport à ce manga, ce qui vous a ému, sur vos liens avec les personnages de *Comme elles*, ou tout simplement sur des expériences plus personnelles…

Faites-nous parvenir vos lettres à l'adresse suivante :
Éditions Delcourt
Courriers des lecteurs : êtes-vous comme elles ?
54 rue d'Hauteville
75010 Paris

ANOKO TO ISSHO © 2003 by Sakura Fujisue / SHUEISHA Inc. • image extraite du volume 1, page 79

ou par mail :
comme.elles@akata.fr

Les lettres les plus touchantes seront publiées dans les prochains volumes. Alors à vos stylos !

L'équipe manga

First published in Japan in 2003 by SHUEISHA Inc., Tokyo.
French translation rights in France, French-speaking Belgium, Luxembourg, Switzerland and Canada arranged by SHUEISHA Inc. through VIZ Media, LLC, U.S.A.

Supervision éditoriale : Akata

Dépôt légal : avril 2009. I.S.B.N. : 978-2-7560-1667-2
Première édition

Traduction : Mari Kuroda
Adaptation : Nathalie Bougon
Adaptation graphique : Karen Bellanger
Conception graphique : Trait pour Trait

Imprimé et relié en mars 2009
sur les presses de l'imprimerie Aubin (Groupe CPI), à Ligugé.

www.akata.fr
www.editions-delcourt.fr